the Eternal Moment

緣起不滅

張曼娟

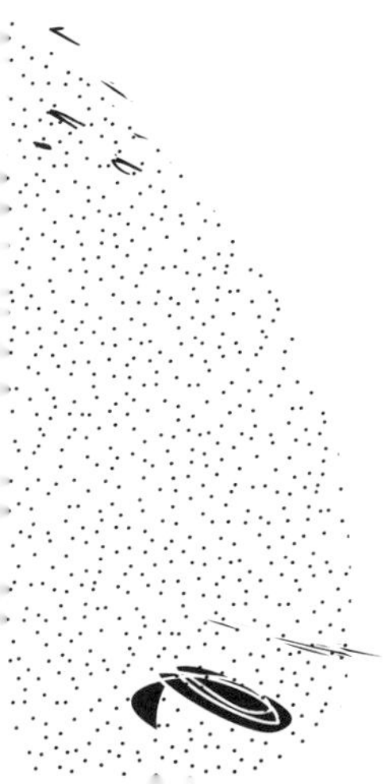

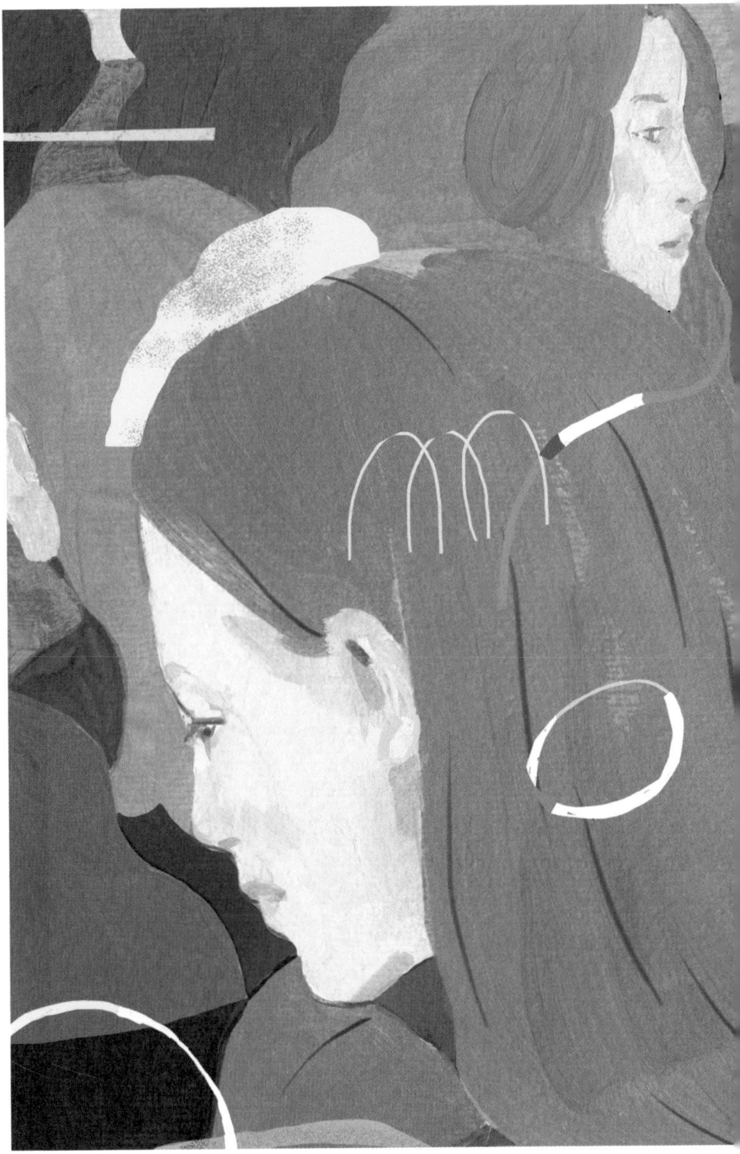

再也不能重來

——二〇一六《緣起不滅》新版自序

《緣起不滅》是我的第一本散文集，在一九八八年末出版。想要出一本散文集並不是對散文這種文體有著怎樣的期許或體認，而是想出一本不受注意的書，安安靜靜躺在書店的角落裡。因為之前的兩本短篇小說集《海水正藍》與《笑拈梅花》，都在我沒有準備好的情況下，受到了太多矚目。兩本小說集一再刷新暢銷紀錄，應該讓我意氣飛揚，志得意滿，然而，完全不是這樣的。我覺得戒慎恐懼，步履艱難，於是，慢慢的寫起散文來，散文的寫作對我來說，似乎更不受干擾，擁有更多的自由。

我和皇冠出版社的第一次合作，就是《緣起不滅》，誰也沒想到，這本描寫日常生活，情感脈流的年輕散文集，竟然又締造了新的暢銷紀錄。那真是一個再也不能重來的，熱愛閱讀的年代啊。

「佛家說緣起緣滅，妳為什麼偏說『緣起不滅』呢？這樣太執著了。」曾有人這樣問過我。年輕的時候，對這個世界的看法確實是偏執的，也是唯心的。

我相信是心念決定了我們過怎樣的生活；走怎樣的道路；會遇見哪些人；和哪些人永遠相聚或永恆別離。散文的書寫，於我而言，不再是個避難所了，而是個誠實面對自己的告解室。傾訴的是自己；聆聽的是自己；救贖的是自己。卻有讀者告訴我，他們從我的散文裡也獲得了解脫，這是一種神祕的力量。

我並不明白這種力量是從何而來的，我只是個極其平凡的人，我的經歷與故事，也沒有什麼劇烈的轉折與衝突，充其量就只是個誠實面對自我的人罷了。

二十八年過去了，現實生活是最好的老師，嚴苛的迫使我一次又一次逼視殘酷的真相。這世界當然不是萬事美好的，我們該學會收藏與背離。凡是美好的善緣，便成為生命中恆長的影響；若是惡意的創傷，就要在心念與行動中轉身遠離。這樣的生活練習，一次又一次，讓我們變得堅強而柔軟，微小又巨大。

美好的事不只發生過，也留下來成為我內在靈魂的一部分，雖然它們再也不能重來，卻也沒有真正離開。

於是，我感覺自己依然年輕；我知道自己仍然偏執；我願意微笑著說：緣起不滅，我還相信著。

出版「緣起」

平鑫濤

十多年前，從舊金山開了六小時車到卡密爾，去拜訪心儀已久的大畫家張大千先生。不巧他因病住院，雖然見了面，但沒法深談。兩年後，我再度造訪，在他家逗留了一整天，看了他的許多畫、許多收藏，欣賞了他家著名的園藝，以及精緻的菜肴。

我也十分欣賞北京的一位國畫大師李可染，但海峽兩岸帷幕重重，不能像造訪大千先生那樣，想去就去，即使要欣賞李可染先生的繪畫真跡，也不可多得。

今年春天，實在意想不到地去了北京，見到了可染先生，欣賞了他自己珍賞的許多傑作，聽他娓娓道說種種往事，以及藝術的卓見，十分親切投機，一點沒有初次見面的陌生或隔閡。

臨別時，可染先生以「墨緣」兩字見贈——「墨緣」實在含義深切，想想看，若不是有這一份「緣」，海角兩隅，如此關山重隔，又如何能得見「廬山真面目」？

與大千先生的交往，未始不是有「緣」，他相識滿天下，未必能有多少時間接見訪客；而我收藏了一些大千先生的作品，量雖不多，卻都是超級精品，這也是一種「墨緣」。

五年前，皇冠接到一篇投稿，作者名不見經傳，卻得到編輯們的一致讚賞，主編特別推薦我一讀，讀後也深表同感。清新的文筆、淡淡的情節，帶來的一份傷感與無奈，如絲如縷，一直縈繞心頭。於是皇冠以「推薦小說」的形式，鄭重刊出。

也許，當年作者忙於課業；也許，作者惜墨如金，作品發表得不多；也許，我們那年正忙於搬家，因此雙方疏於進一步地連繫。三年後，暢銷書榜上，以一鳴驚人之勢，出現了一本新人新作——張曼娟的《海水正藍》，正是皇冠曾經鄭重推薦的作品。

這本書並非皇冠出版，難免有些許遺憾，但畢竟先經皇冠刊載，也因此感到「分享」了榮譽，並且也衷心祝福她能夠更上層樓。不過卻仍然沒有刻意與她接觸，因為知道她是這樣一位深居簡出的作家，並不願意打擾她恬靜的生活。

今年春天，偶然的機遇，她與我們的編輯群有一次小聚。並不是健談的典型，但優雅的風範、溫婉的談吐，使在座的每一位都為之吸引，更使我們訝異的是，她文學修養的豐富，寫作的熱忱與積極的企圖心，遠遠超過我們的想像。

再度的聚會，彼此有了更多的共識與了解。她說從小看皇冠長大，對皇冠自有一份感情，因此，她的第一篇小說，很自然地投寄皇冠，這也是一種「緣」。而她將第一本散文集《緣起不滅》做為與皇冠系列合作計畫的開始，是另一種「緣的開始」。

張曼娟的小說受到年輕人如此熱愛，除了風格獨特的文字魅力外，我想更因為她的作品，能引起廣泛的共鳴。張曼娟的散文，更透過優美雋逸的文字，把她敏銳的感觸、豐沛的情思，融合在字裡行間，值得細細咀嚼，細細品味。

張曼娟與皇冠之間，夙稱有「緣」，更因「緣起」而合作出版了這本可愛的書，希望更因為有此「緣起」而「緣起不滅」。

編註：此文寫於一九八八年《緣起不滅》出版前夕。

起飛的時候

——一九八八《緣起不滅》舊版自序

（一）

當飛機自跑道上拉騰起來，愈飛愈高，所有景物驀然滑落眼下。那糾葛著愛怨情愁的紛紛擾擾，再不能令我悲喜了。

抽身而出，俯瞰紅塵，所有的前緣往事都顯現了全貌，那一刻，我在塵外，我已非我。

當我在現實生活中心力交瘁，遍體鱗傷，我想要離開；我想到飛行。

走出小說世界的風風雨雨，檢視自己的經歷，我提筆寫作；我寫作散文。

讓曾經發生過的事，重新再來一遍，昨日的我與今日的我擦身而過，曾經有的迷惑，逐漸沉澱明晰。一切都淡了，遠了，也真實了。

散文，就是人生的風景。

起飛以後，返顧大地，再沒有公平與不公平；圓滿或不圓滿，只有令人感動的好山好水好風景。

（二）

到葩達雅時已是黃昏，縱情盡興的氣氛正在醞釀。晚餐後，導遊帶我們去參觀當地最負盛名的「空心菜飛過街」。

那原是個小吃攤設計的攬客花招，將炒好的空心菜從鍋內拋起，越過街，落在街對面的盤子裡。雖然這麼一拋，得花雙倍的價錢，可是，看著油鍋中的菜，在黑夜裡畫一道弧形，成功降落，便值得了。

表演者是炒菜的大男孩，以及端盤的小男孩。

大男孩穿著雪白上衣，短髮梳吹成最時髦的樣式，舉鑊落鑊之間，自成某種氣度。小男孩只套了件汗衫短褲，瘦小黝黑，握著一個盤子，不動聲色地等待。

空心菜飛起時，所有觀眾都屏息，直到穩穩當當落進盤中，掌聲轟然響起。

完美無瑕！大男孩微笑著俯首致意。

接著，小男孩站上另一個男孩肩膀，接住一盤飛來的空心菜。

最後，成為三個男孩疊羅漢，小男孩站在最上面，空心菜飛去時，重重拍打在盤子上，零散地摔下地。

人群惋惜的嘆息，大男孩橫眉豎眼，對小男孩咆哮，並且再來一次。一次，又一次，那些菜葉像有了自己的主意，總不肯往盤裡落。

觀眾掃興了，也不忍了，紛紛散去。

我們坐下來，吃著口味獨特的空心菜。方才端盤的小男孩低垂著眼眉來收拾桌上的杯盤狼藉，大夥忙著擠出最善意熱情的笑容，企圖給他一些鼓勵。

而我的嘴角驀然僵硬，不能牽動；無意間看見他裸露的手臂，我笑不出來。

在那細瘦的手臂上，布滿大大小小的傷痕，那些自鍋中飛起的空心菜藏著滾燙的熱油，跌入盤中的剎那，濺上他的肌膚，不能逃也不能躲的燒灼。

我們又去了其他的地方，而後乘坐露天小巴士回飯店，經過小吃攤時，看見一批新的觀光客，正在為空心菜飛過街鼓掌叫好。每一次讚嘆的同時，便是無法避免的烙傷。周遭圍觀者的驚喜交併，將表演者隱忍的呻吟聲完全淹沒了。

我突然感受到一份類似的淒愴，於是，在海風中鹹鹹地流淚。

但，那孩子日復一日的演出，竟不知道自己有哭泣的權利。不是不再疼了，我想。只是逐漸變成一種可以忍受的折磨，這是他的成長，是生命的一部分。他別無選擇。

就像我也別無選擇。

屬於我的散文初航已經起飛了，當它成為一種破空而去的姿態，我只能全神貫注的等待。此時，我是掌杓的少年，亦是托盤的童子，無論是怎樣的一場旅程；有怎樣的喜悅或者痛楚，我已準備領受，如同涵納生命中所有的殘缺與完美。

只是不再落淚。

倘若，你也正開始起飛，不要帶著眼淚。

好嗎？

一九八八年　秋天　臺北城

目錄

情緣

塵緣

情緣

什麼是永恆呢？每一樁情事開始時，句點已在前方等待了。為了彌補不能掌握的撲朔，於是，我們有了記憶。用淚水和酸辛，用歡笑和甜蜜，去記憶。否則，將依靠怎樣的力量，度過往後的歲月滄桑？

michun

緣起不滅

生命中的所有情結，其實也只是一場無止境的輪迴。
我們常在類似的情境中心折；
在同樣的激動裡淌淚。
命運既然支配著禍福得失，
如何能在每次的緣起緣滅中，堆砌新的憧憬？
維持心中始終不變的願望？

緣起

童年時，最吸引我的，是一個洋酒瓶底的小娃娃。穿著芭蕾舞裙，踮著腳尖。不管在任何時刻，只要上緊發條，她就會輕盈地、帶著愉快表情拚命打轉；總是無怨無尤，在不變的樂聲裡，重複相同的動作。

她的紗裙雪白，一塵不染。而她的手臂、雙腿與腰肢，纖細得令人擔心。會不會終有一天，因為高速的旋轉而折斷，而整個兒傾圮？

她所有的生存空間，就是瓶底那方突起的玻璃罩。罩外是可以溺人的醇酒；酒瓶外則是無限開展的，可解或不可解的茫茫人世。任何人都能讓她在玻璃中翩翩起舞，卻觸不著她。當然，隔著流動的波光灩灩，也永遠不能了解她的心情。一成不變地舞著，在眾多凝注的眼眸前。有時候，她可能厭倦了命定的迴旋，盼望樂聲煞止，轉盤停息。在長久的寂寞中，她也可能企盼如一隻彩蝶，在一雙燦亮、讚歎的瞳仁中，讓時光停駐；在那一刻，結緣。

她的夢想，常常只在樂聲起煞之間幻滅。然後，便靜靜等待，下一次觸動發條的手指。

漸漸地，伴隨成長而來的挫折滄桑，迫使我把自己也罩入了無形的玻璃罩，成為瓶中的娃娃。生命中的所有情結，其實也只是一場無止境的輪迴。我們常在類似的情境中心折；在同樣的激動裡淌淚。每一次揮別與擁抱，每一次呼喊與狂笑，竟然都是相同的韻律。命運既然支配著禍福得失，如何能在每次的緣起緣滅中，堆砌新的憧憬？維持心中始終不變的願望？假如，生命應該有學習和所得，那麼，在複雜紛亂的世間，這便是我選修終身的課題。

白髮封誥

在燈下，我輕輕畫上一個句點，把執筆半年的研究論文，作了最後的修飾，然後結束。時間，是凌晨四點多。除了燈亮處，四周是一片黑暗、潮濕與陰冷。

當時，正是寒流來襲的隆冬。

費力挺直痠痛的背脊，挪動麻痺的雙腿，輕輕活動手指，我閉起眼，便聽見保溫熱水瓶到達高溫以後的跳動聲。夜夜，它暖著一壺水，使我在擱筆臨睡前，能有一杯滾熱的牛奶充飢。而在夜很深很冷的時候，我佇立父母床前，聆聽他們均勻安詳的鼻息，覺得無比愧疚與傷感。

從兩歲半，我搖搖擺擺去上學，便展開了二十多年的懵懂歲月。所有的，大大小小的困難與挑戰，我並不怕。因為知道，總會有兩雙蒼勁的手，有力的胳膊，為我撐一片天。

而在這幾年，我更盡力地去做些什麼，以掃除父母臉上的陰霾。在這些作為的過程中，我有時候孤立，有時受委屈，便忍不住傾訴。說完了，我可以安然入夢；他們卻忡忡地添加雙重憂慮——擔心我所煩惱的，以及被煩惱困擾的我。曾有那樣一夜，我在鮮花與掌聲的圍繞中謝幕，知道燈光以外的父母將以我為榮。卻有朋友談起我的母親，說：「怎麼突然生了這麼多白髮？」

我恍然而悟：原本，我是焦急地想為他們帶來榮耀；結果，卻迅速地將黑髮催白。

真的，再沒有人比他們更清楚，我的付出與收穫，我的歡喜與哀傷。當其他的人，帶著一股難以捉摸的笑意，談論我的今天，說：「她只是運氣好。」的時候，我從不分辯。只要一回頭，便能見到父母斑斑的白髮，他們看見我所有的一切。而今生注定的親子緣，使我不得不承認：這確是令人稱羨的好運氣。

然而有時候，母親會感到不平。她看見我因長期書寫而扭曲變形的手指；她知道那些因用腦過度而失眠的寒夜；她伏侍著因耗盡精力而病倒床榻，欲死欲生的女兒。她總是要不斷地、不斷地承擔這些折磨。於是，當那些懷疑的、輕蔑的話語，傳到她的耳中，便成為一種刺激與傷害。

如果可能，我真願生生世世與父母結緣。只怕他們不願。不願再擔這樣多的心，流這麼多眼淚。

修業三年，我到學校領了碩士服回來，感覺格外艱辛。在古代，得到功名的人，父母可以受封誥的。而我只能在鏡中，全副穿戴了，與他們相視而笑。三年前，是父親扶我進考場的，否則，我根本走不進去。

因為持續一段時日的熬夜苦讀，應考第一天，剛睜開眼，我的心便一直往下沉，完了！我對自己說。眼前閃亮著一片朦朧，只要翻身，頭部便劇烈疼痛，我嘔吐兩次，瀕臨虛脫。呼吸與心跳都呈現不正常的運作。以往，過分勞神的時候，偶爾會有不適，但，都比不上這一回的來勢洶洶，帶著毀滅性。的確，它是要摧毀我和其他人公平競爭的機會。我在枕上流淚，氣憤甚於病苦。去看醫生吧！母親不斷勸說。可是，醫生哪裡幫得上忙？我不需要醫生，我只是不甘心哪！好不甘！擦乾眼淚，坐起來，我對父親說：我要去學校！我要去考試！我要去……

從木柵到外雙溪，顛簸的兩個鐘頭，像溺水的人一樣，我緊攀浮木似的父親。坐在車中，有時呼吸不能順暢，有時心跳幾乎爆裂；一陣躁熱，使我汗如雨下；猛地寒冷，讓毛孔盡張。好幾回，我感覺自己撐不下去了，恨不能崩潰地跳下車去。一路上，我和父親都不開口，提防著那兩個字脫口而出：回家。若真回家了，父親知道，我將遺憾終身。他把我的手擺在他寬厚溫暖的手中，讓我貼著他的胸膛。而他正努力地，把勇氣和信心輸送給我，我可以感覺到。正如二十多年前，抱著羸弱早產的第一個孩子，從臺北坐出租汽車回中壢的途中。初生的嬰兒如初生的小貓，父親小心捧持。偶爾探探嬰兒微弱的鼻息，恐怕度不過春天。二十幾年，早產兒已然亭亭，卻在這重要的時刻裡，回復到初生的羸弱。父親觸動我冰涼的面頰，輕撫我濃密的黑髮……漸漸地，焦躁不安的情緒平靜下來。同樣在車廂中；同樣在父親懷裡，我能掙扎著撐過第一個春天，當然也可以熬過這一次苦難；並且驚覺到，已然經過二十二個寒暑春秋。

榜上有名，我無心與那些意外的眼光和評論計較。因為這件事給我更大的啟示——以讚賞的心情看待別人今日的榮耀，並肯定他們昨日的辛勤耕耘——有些人或許永遠不能領略這道理，我卻可以受用終身。

至於父親和母親，我為他們帶來的封誥，只是年復一年，遍灑髮際的銀絲，深深鏤刻的皺紋。

閒覽心情

不管我是懷著怎樣焦慮的心情來到，一旦站立在一排排書架前，與穿越光陰的古籍相對，那些小小的干擾與煩躁，逐漸沉澱而終於微不足道了。

在我眼前，有那樣多的典籍陳列；在我身後，將有更多著作要流傳。我站在狹窄的空間怔忡著，思索著十三經與二十四史；諸子百家，詩文詞曲……然後，猛然發現，從古到今，敘述流傳的，其實，只是心情。

李白把酒狂歌，人生在世不稱意，明朝散髮弄扁舟，這，不是心情嗎？老子以為吾人的大患，只是有身而勞形的緣故，這，不是心情嗎？詩經卷首便是窈窕淑女，君子好逑，這，不是心情嗎？孔夫子長嘆一聲，唯女子與小人最為難養，這，不是心情嗎？太史公寫豫讓吞炭；項羽自刎，無不椎心泣血、拊膺大慟，這，不是心情嗎？

我伸手，自書架上取覽作者的心情，藉此平息生活中的不如意。在民族的、文化的煉火前，個人的挫傷與坎坷，簡直渺小得可憐。

有人在圖書館裡，面對浩瀚文海而感壓力沉重，不勝負荷。我卻能在巡禮一連串的書名之後，覺得感動與純淨。因為，我面對的是心情。

學校圖書館憑山而建，有一排大片的玻璃窗，可以眺望操場。隔條小溪，古老的中國建築中，不時搬演著古老的、悲歡離合的故事。更遠的地方是馬路，是穿梭的車輛，是靜止的房舍；疊疊青山，則是它的邊緣。

為了查資料，終有一回，我留下來，直到落日以後。偶爾抬頭，窗外燃燒似的天空，將遠山上的一片白屋映得發亮。我遲疑地，走到窗邊，看著彩霞一層層變幻色彩與光度。由橙轉彤；由彤變紫……一轉頭，馬路與住家的燈火，一盞一盞，瑩瑩地亮起來了。山的輪廓愈來愈不清晰，一連串的燈火，勾勒出人們的活動空間。黑夜悄悄地，無限制的在大地延伸。那份流動的美，因著未曾經歷而感驚心。

身在其中，每每埋怨吵嘈、擁擠與骯髒。今夜脫離，孑然俯視，靜觀紅塵，燈光盡責地燃亮；車輛謙卑地奔馳；每個屋頂下都共守著佳餚笑語……莫怪，莫怪織女也動了凡心。

這是圖書館中的另一種心情，對美的感受。

中央圖書館封館了。說的人沒什麼表情，而一轉臉，我真的覺得傷心。

封館，其實是為了搬到一個更寬闊的、更新穎、更現代化的新家去。但，我想，新館縱使再好，我仍會想念那有著四面迴廊的，朱紅色的柱子，粉白牆壁的舊館。

怎麼能忘記呢？籠一袖荷香而來，必須走過一道雕欄石橋，才能到那扇大門前。橋下是池塘，塘中養著蓮花，紫的、紅的、粉的、白的。斜倚橋欄，投影水中的是蓮花，是我因等待而光采煥發的容顏。進得門來，中庭有一個水池與孔子立像。下雨的時候，水池的水會漲流出來。午後的一場雷雨中，我曾坐在樓梯上，透過開啟的長窗，看著整個中庭溢滿水，看著進進出出的人，必得在狹長的迴廊中交錯。後來，我的花裙子浸濕了一大片，卻仍覺得開心，多好的風景啊！

也曾踩著石板地，和同伴討論王維與錢謙益；一時與千秋；慨然殉死與忍辱偷生。在寒風細雨中，由意氣風發而至吞聲哽咽。我們選擇這樣一個試煉人性的問題來討論，注定沒有結果。而在潮濕的石板地上，不經意地，見到一簇簇新發的青草，穿破堅硬的泥土，透露早春消息。我飛跑到善本書室，拖出正在看微卷的同伴，把綠映入眼的小草指給她看。所有的疑惑，也許可從其中得到釋析……我看著天地玄機，而她微笑，看著我的悲喜交集。

把夏天膨脹起來的蟬聲，準備鼓噪了。以往，走出古典的大門，便是綠蔭，是蟬鳴，是翻飛的荷裙。以後，蟬聲遠而車聲近，唯有高踞架上的古人，與悠閒而至的自己，紛紛落落，互相檢視，彼此的心情。

淡水列車

為什麼喜歡淡水呢？朋友時常問。

我不知道呀！

也許，因為關渡大橋掛虹的雄姿；因為觀音山靜臥的肅穆；因為閒置的漁網、斑剝的漁船，標示著一段歷史。那些蓽路藍縷的先民開發事蹟，在潮起潮落中細細傾訴。淡水擁擠的舊街，殷殷地記載著繁華的曾經。

為什麼喜歡淡水？

真的不知道。國中一年級，隨老師爬觀音山，天黑以後，我和三個同學被遺棄在山上。四顧無人，天地不應，一步步掉著眼淚走下山，所幸沒有走岔了路。但，我很快地忘記恐懼，只記著坐在渡船上，低頭看粼粼的波光。

再一次去淡水，則是十年以後。傳說中，那河已變得腐臭、有毒，甚至還冒著泡泡。然而，那天天氣真好，真正算得上是天光雲影共徘徊。渡了河，在對岸一座老廟中休憩，涼風習習裡，聽朋友說故事。

「我們抽個籤吧！」

我不抽，因為心中無欲無求，沒有疑惑。

朋友擲筊杯，兩片半月形的木頭，總是答非所問，弄得手忙腳亂。

「你要誠心呀！」我在一旁，笑嘻嘻地嚷。

「我就是不能專心。」朋友彎腰撿拾，聲音悶悶地。

我轉身把自己隱在廟柱後頭，仰臉看懸在廟頂的香，盤成一圈又一圈，靜靜地燃燒；香灰輕輕落下。寧謐中，只聽見朋友撩撥籤筒的聲響，有規律地，哐啷、哐啷啷、哐啷、哐啷啷……我突然想哭，因為恐怕再不會有這樣的一個午後。

為什麼喜歡淡水？

因為每次去淡水，都是好天氣！這能不能算理由？

報上發布了消息，說淡水列車將在七月份停駛。我和父母親挑了梅雨季節中的晴天，特意站在月臺上，等著搭火車，到淡水去。

車廂裡，滿是年輕人的喧囂笑嚷，在前行的軌道上，互相推打。而我的父母端整容顏，把坐火車當一件重要的事。只有途經關渡的時候，母親欣喜地指著窗外：

鷺鷥！（叫得出名字的）

鳥！（叫不出名字的）

水筆仔！（在電視上認得的）

一件件地指著，把我當成小小孩兒；而我一次次地向外張望，彷彿自己還很幼小。

父親坐在較遠的地方，被人隔開了，與我們遙遙相望。久了，便似睡非睡地垂下眼皮。

母親說起二十八年前，父親和她相戀，便常乘坐淡水列車，到淡水去找母親……這是我第一次聽這事，而不禁透徹明白。

為什麼喜歡淡水？

原來，我生就帶著傳自父親的、思慕淡水的情感與血液。一次次地去，只是自己也不明白地，重溫一些美麗的回憶。

原來，人間諸事，細細推究，必有緣故。只要耐心的往上追溯、往回尋覓，必可以見到緣起處。

生命中的所有情結，真的只是一場無止境的輪迴。而憧憬與願望，維繫著大大小小的情緣，使它們永不消逝，永不滅絕。

他們喚我老師

最後一次看見我的學生，是個暖和的冬日午後。

先遇見他們班上最年長的渡邊，

告訴我，他們將在三月或四月結業，返回日本去了。

感傷地停住口，不再說了。

久久的靜默著，只聽見竹子在風中搖擺，咿啞地響。

短暫的師生緣，臨別竟也依依嗎？

剛開始，教授華語，為的是嘗試工讀的樂趣；另一方面，也彌補了不能成為廣播人的缺憾。

與洋人的接觸，起初是愉快的。傳教士的太太們，讓我見識到傳統西方婦女溫柔的一面。她們的年紀和我的母親相仿，而子女多半不在身邊，因此，每當我迎著寒風或頂著烈日，敲開她們的門，屋內必然有適宜的飲料及點心，有時是巧克力，有時是烘焙的派。走進那些樸質舒適的家中，我可以感覺出自己被這些母親們等待。她們因著我的來來去去，學習片段字句。事實上，我知道，當她們用低沉的聲音喚我的英文名字；當她們凝神地聆聽我說話，卻正從這黑髮棕眼的中國女孩神態中，捕捉並拼湊自己女兒的顰笑，那萬里之遙的。

無論我是如何努力，她們是不稱我為老師的，只是愛寵親暱地喚我的名。

曾經，她們真像母親一樣，為我的病痛而焦慮擔憂；她們也曾因對親人熱切的思念，擁抱著我哭泣。我心中很明白，「師生」這樣的關係，並不能代表彼此的情感，有些不足；又有些超越了。

大學四年級，進入一所語文中心，利用課餘時間教華語。一走進大廈，陽光便給截斷了。由夾板隔成一間間大約二平方公尺的小教室，碰到高頭大馬的外國學生，就算鼻子不抵著鼻子，也得膝蓋挨著膝蓋。上課時間，真可體會出「雞犬相聞」的景況。

由於，我的授課時間多半排在週末假日，便也遇到了若干經濟或政治上的重要名人。對他們的身分地位，我一向不感興趣。一小時幾十元的微薄鐘點費，反而成為一種策勵，我盡量充實課業內容，全部的投入，使我感覺自己的價值，不是區區鐘點費所能衡量。縱使「大人物」的神祕兮兮，風聲鶴唳，使我這平凡小女子也不禁緊張起來。卻在同時，漸漸識出，在那小小空間，藉著口傳，所擔負的文化使命，不只是彎起舌頭：「隻」、「吃」、「詩」；或是反覆練習的「媽、麻、馬、罵」，而更沉重，更悠長。

在語文中心，教過東方、西方的外國人，唯獨迴避著日本人，為的是一個簡單的，五十年來中國人都不能忘記的理由。也不知道自己的堅持是基於理性的考慮；或只是任性的蠻橫。而在當時，卻與語文中心最蠻橫無理的美國學生碰上了。他囂張的當堂辱罵授課老師，於是，中心幾十位老師拒絕給他上課。主任派我去上他的課，大概以為「初生之犢不畏虎」吧！的確花費了一番工夫，研究過老子「柔之勝剛」的哲學，才在那雙如海洋般的湛藍眼眸中，看見友善柔和的光芒。他會等在門口，為我拉開椅子，把我當成朋友。在那兒，流動性很大，聚散如萍蹤。他在某一天下課後，告訴我要回國的消息。我微笑著收拾東西，像往常一般道別，甚至不問他是否回來。

他是個年輕大男孩，我比他又小了幾歲，他始終也沒喚過一聲老師。過了一段時間，經過走廊，赫然又見到他，坐在椅上，伸長腿，阻擋了狹窄的通道。

「對不起。」我輕聲說。他極不耐煩的收回腿，冷漠地翻翻眼皮。不過一瞬之間，便迅速地坐正身子，削瘦蒼白的臉上綻出笑容。我們互相招呼，用以前上課的那種方式。然後，我向他道再見，並沒有告訴他，那是我在中心上課的最後一天。

幾個月來，最痛恨站在高高的櫃臺外，向撇著嘴角，語氣鄙夷的小姐領薪水。那樣的環境與氣氛，令我忍不住地想起當鋪。這裡沒有師道，只能重複典當著澄淨青春與最後的尊嚴。

走出那幢大廈，我對自己說，如果有一天，真能站在講臺上，我要能看見一片綠色草地，至少能見一片陽光。雖然清楚的知道，並不是那麼容易，仍然如此的期盼著。

恢復純粹的學生身分，有一種可以縱容的歡樂。海邊露營，聊到天色變亮；坐在半傾的相思樹幹上，盡情歌唱；黃昏裡拎著鞋，沿著河堤一直走下去，或在風中張起紙鳶，直飛入雲。可以聽見自己的笑聲，清亮明澈。

去年夏天，生活中起了一些波動。剛從東北亞旅遊回來，心情像水中飄蕩的浮標，無法穩定。日本，本是預定行程以外的，卻在那七、八天中，經歷太多。有些事是禁不起比較的，一旦有了比較，自卑與自負的民族情感，便會不時糾結，終成一種無藥可癒的痛苦。

這時，又有了一個任教的機會。窗外是一片草地，陽光穿過玻璃投射在額角，我的學生，九個二十歲的孩子，來自日本。

一轉眼，距語文中心上課的時間，已有四年了。伴隨成長而來的可解不可解，早銼去我的稜角，異國旅遊，也將任性化為圓融。那兩三個月，無疑的是一段快樂時光。

每週兩個小時的課，外加往返四小時的通車，仍是精神奕奕。那曾是我和同窗好友受業的教室，上下課間，可以看見我的老師和朋友。更重要的是，當我走進教室，會聽見尚待加強的國語，帶著笑聲喚：「老師好。」

也有不開心的時候，上課前，幾位老師聊天，談到「中國近代史」這門課，齊聲表示，這可真不好教了。我的心情隨即黯淡下來。

上課是可以入神的，有時候，臺上臺下融在一種極愉悅的情緒裡。另一個我猛地跳出來，驚異地看著興高采烈的自己——曾經不肯嘗試日本料理；不看日本電影；拒買標示日文的任何東西。面對這些孩子，卻是忍不住要多給他們一些愛心。可能因為他們像我弟弟，或是鄰家的弟弟妹妹，一樣的髮膚，類似的輪廓。努力而專注時，發音準確，文法工整，笑意隱含自得。疏忽出錯時，那份驚惶與懊惱，卻又令人疼惜。多半的時候，他們朝我嘻嘻地笑，我只好報以同樣的燦爛。

後來，不再給他們上課，遇到朋友聊天時，朋友問起我和那群孩子，「似乎處得很好，他們看到妳特別高興。」他想知道緣故。沒什麼緣故呀！我回答。

九月的最後一個禮拜，女孩將薄薄的卡片交到我的手上。卡片裡筆畫工謹的簽著九個名字，並寫著最好的祝福：身體健康。小心地放進背袋，對他們說謝謝。

這是我所收到的，生平第一張教師卡。

結束了九個孩子的課，仍然到學校去，爬上圖書館借書還書。偶爾碰見三個女孩，總要睜大眼睛叫起來，引得路人側目，而我也會發自內心的拍拍她們的手背或肩頭。

時常走過圖書館下那條寬廣的道路，匆匆忙忙去趕車。那是個陰雨後的晴天，我走著，聽見遠處吆喝，又走兩步，便清楚地聽見：「張老師！」回轉身，穿著黑色上衣的阿部遠遠跑來，一邊招手呼喚，一邊騰身躍起。見我回頭，便不再上前，隔著相當距離，我們各自捧一疊書，遙遙相對。「你好嗎？」我費力揚聲。「好！妳好嗎？」他的笑容慧黠。並不表現於口齒，上課時便把聰明寫在眼中。很好。我說，朝他揮手，腳步不停的趕車去。那一整天，卻都想著他跳躍如飛的姿態。想著他從不曾在課堂上找麻煩。

最後一次看見我的學生，是個暖和的冬日午後。先遇見他們班上最年長的渡邊，白皙、瘦弱而孤僻，因為他在發音條件上有先天的困難，必得加倍的努力，所以，上課或下課，我都注意著他，不願他因沮喪而氣餒。往常見面，他只點個頭便匆匆走開。這一次卻坐下來，長長的談話。告訴我，他仍不斷的練習發音；告訴我，他們將在三月或四月結業，返回日本去了。感傷地停住口，不再說了。久久的靜默著，只聽見竹子在風中搖擺，咿啞地響。短暫的師生緣，臨別竟也依依嗎？

渡邊走後，頑皮促狹的角田和羞澀內向的藤井並肩而來。與其說是巧遇，不如說在心底，我仍想再看他們。聽他們說即將離開，便笑著搬出課堂上的教訓，要用功啊！學中文不可半途而廢啦……兩個孩子虛心受教，不住點頭稱是。當我又準備趕車時，被角田叫住了，這孩子專在教室裡說不該說的話。他說：

「老師，妳知道嗎？我們很謝謝妳！因為……因為妳給我們很多，很多的，呃，內容。呃，不是的。是……是妳給我們很多……老師，妳知道我的意思？」

專心說這話的時候，他並不笑。藤井在他身旁，對我點頭。我有著不曾有過的驚惶，臉上掛著衰弱的笑容，覺得風太大了，澀疼我的雙眼。角田看著我的表情，急切的重複：真的、真的、真的……

「真的、真的」，像敲擊在琴鍵上的音符，那般悅耳動聽。

其實，我不曾刻意的教給他們什麼，只是與他們一同學習互相尊重。為了以前及以後的歷史，這似乎是必須的。至於友人曾詢問的緣故，我想，在那麼短的相處時刻，我們只是從彼此心中，取得感動。

我記得傳教士家中，略顯臃腫的婦人們；我記得語文中心那修長孤傲的背影，更不能忘記來自櫻花之國的孩子們，他們喚我：老師。

月光如水
水如天

大學畢業那次的謝師宴，
我命令自己不許哭，
卻在結束道別的剎那，情緒像波濤一樣澎湃泛漫，
阻止不了自己的眼淚，
心裡清楚的知道，
從此以後便是花自飄零水自流了。

剛開始的時候，都是歡天喜地的去參加婚禮。看著朋友披起白紗，走向地毯那一邊等待的新郎。套上戒指的一刻，我聽見發自心底的歡呼。

作伴娘的那一次，眼看著戒指圈住好友纖長的手指，轟然有淚衝進眼眶。我的激動超過新娘。

歲月，不是會讓人比較堅強的嗎？近來，參加婚禮卻必須控制欲哭的情緒。為的全是不捨。

待嫁女兒與父母親的難以割捨；嫁作人婦以後揮別的美麗青春……並且，我彷彿又少了一位可秉燭夜談的姐妹。

每當新娘拜別父母，淚眼相對。淚珠婆娑中，我幾乎可以看見千百年來的新嫁娘，以同樣的姿勢，在上轎之前跪拜。一叩首——鞠育之恩難報；再叩首——雙親善自保重；三叩首——奴從今日去，爹娘莫牽念。

看過一部日片，描寫嫁女兒的心情。父親在婚禮結束後到常去的小酒館喝酒。善於察言觀色的老闆娘過來搭訕：「先生今天穿得這麼整齊。……看你的神情，好像剛參加了喪禮……」

令人心驚！卻可以理解。

自小，每年分班都像大禍臨頭。不斷結交好友，又不斷失去。一直害怕分離。

小時候，和弟弟鬥嘴，真氣他的渾不講理。可是，他背起書包，小小的身子出了門，我的氣也就消了。看著他曾坐過而今空著的座位，竟無來由的傷心。

大學畢業那次的謝師宴，我命令自己不許哭。卻在結束道別的剎那，情緒像波濤一樣澎湃泛漫，阻止不了自己的眼淚。心裡清楚的知道，從此以後，便是花自飄零水自流了。而我們曾那樣珍重地交換彼此悲喜的情緒；曾那樣溫柔地撫慰因孤寂而顫抖的心靈。因為眼淚，使面前的景與人都模糊起來。急急忙忙想逃走，我聽見一個男生充滿怒氣的指責。

當時，我確是非常困惑，以為自己的行為夠不上失態或妨礙別人。他的憤怒來得突然令人費解。漸漸地，又過了一些日子，當我孤獨走在校園裡，終於變成舉目無親的時候，才慢慢明白，男生的怒氣其實只是發洩和掩飾；只是要壓抑住與我相同的情緒而已。「一種相思，兩處閒愁」嚒，愁字弄不好，可就變成怒啦！

畢業以後，只參加過一次同學會，還體會不出什麼滄桑、自憐，炫耀也不明顯。興奮與好奇倒升得相當高。在畢業旅行中，唱著笑著，像孩子一般恣意喧鬧；如今卻已為人父母或為人夫、為人妻了。眉眼間稚氣尚未脫盡，而爭著訴說的是孩子的預防針、夜哭和牙牙學語。七月的驕陽無法進屋，卻把窗外映照得特別明亮。我在角落裡啜飲柳丁汁，以全心去感受生命的成長與喜悅。

同學會散了，幾個較親的朋友又移陣再敘。除了阿來，都是女孩。當他準備吸菸，便受到防衛過當的抗議，而他一概微笑接受。有了相當的了解、信任與默契，嫌隙便沒有存在的空間。

傍晚時分，我們送玉搭車回臺南。如同送機一般，千囑咐、萬叮嚀，場面十分盛大。眼看國光號起動了，便又排開人群，直奔車站外，向窗內的她揮手告別。沒見過這等送別陣仗的，算是開了眼界：「你們真瘋狂。」而替我們衝鋒陷陣的阿來，卻在一旁嘻嘻笑：「要不要攔輛車，到交流道去送呀？」

有相同的語彙，所以覺得情深。其實，只是捨不得，分離。

古人送別到十里長亭；到壩陵。如今，突然覺得人生處處布滿驛站，一揮手，便成別離。

人說賈寶玉多情，喜聚不喜散；林黛玉深情，不喜相聚。黛玉的理由是聚時歡樂，散後尤其冷清，所以，不如不聚不散。要想不聚不散，正如人生一世無悲無喜，恐怕不夠深刻，況且，談何容易？

所以，我依然願意，迢迢地，去和朋友相聚。再孤獨的走長長的路回家。

那曾經共坐的溪畔，也不再是不堪碰觸的傷感。尤其在天涼的秋季裡，天空特別澄淨，很有「同來玩月人何在？風景依稀似去年。」的情調。

不捨與傷別是始終不能改變的，卻也有些是改變了的。隨著青澀年少的遠去，知道長相憶比長相聚更為可貴；學習不再虛擲光陰與情感。於是，在這許多月光如水水如天的夜裡，空氣中不時飄動著暗香，靜體造物者的安排，處處都有深意，禁不住要微笑，並且感激。

我的心靈陡地受到了巨大撞擊，
始終埋伏在血液裡的悲痛甦醒，
排山倒海猛烈襲來……

離家以後

飛天

當機身逐漸拔起，奮力衝向藍天時，些微不適迫使我靠進椅背。從小窗中，可以看見房舍、田畝、河川、道路，愈來愈遙遠，愈來愈渺小，終於在升得更高時，被舒卷的雲朵，層層遮掩。一會兒之後，僅能看見湛藍的海洋。收回視線，我清楚地知道，呼吸和心跳的不協調，不只是氣壓變化的緣故；而是那片纏綿依戀二十幾年，乍然分別的美麗土地。

我的鄉愁，竟自飛天的剎那開始，實在出乎自己的意料。

缺乏變化的生活，多年來形成一種莫名的壓力，使歲月冗長。為擺脫這些沮喪、不如意，轉換一種心情，開始了十一天的東北亞旅遊。原以為會像往昔出遊那般雀躍歡欣，然而，這次卻完全不同，首度確切地感受到：我，離開了家。

聆聽

到漢城的第一件事，是為了時差的關係調整手錶。前幾年，實施日光節約時間，作息全挪前一個鐘頭，也視為平常。在陌生的土地上，卻有些莫名的不甘，好似平白在異國損耗了六十分鐘的青春。

臨行前，臺北正是火傘高張。燠熱的午後，有時連呼吸都須掙扎，才能順暢。漢城的天很高，陽光溫溫地，空氣乾燥；微風清爽。馬路的車輛行人，從容不迫、井然有序。地下鐵的乘客排隊上車，自動讓座老弱婦孺。他們的飲食簡樸清淡，以辣椒醃成鮮紅的泡菜，作為每餐主菜。即使在倚山而建的高級住宅陽臺外，也能看見必備的泡菜罎子。認清所處的環境情勢，使這個民族充分表現出刻苦勤儉的堅忍特性。

曾如死水一般的漢江，在大力整治之下，竟然可以泛舟、垂釣或游泳，清澈宛如初生。如今，它的碧綠已成漢城最美的風景；風中流動的聲音，何嘗不是醉人的旋律？

漢城是特殊的都市，古樸的宮牆與寬闊的柏油道路毗鄰，傳統與現代自然融合。我們在景福宮慶會樓旁停駐，那是國王宴會的場所；四面環水，精心設計，可視情況改動內部隔間。多少個雲淡月明的夜晚，嘉賓齊集，鼓樂聲隨著水波粼粼飄揚四散。杯觥交錯，賓主盡歡，歌兒舞伎不斷旋轉，在微醺的眼瞳中，化作炫亮的光環。同時，一列盛妝宮女，靜悄悄地走入樓中，燈火如同白晝，映照著漆黑的髮髻、輝煌的寶飾。衣帶隨風款擺，葱綠、豔紅、靛藍、嫩粉、鮮黃，各色幅裙，繡著雲彩、金花與鳥雀。雲彩至高；金花富貴；鳥雀可以自由飛翔，她們擁有的，卻是不禁耗損的青春；不堪磨蝕的美貌。然而，這些女子的來臨，正是晚宴歡樂的顛峰。可憐她們生命中的顛峰，也只能有短促的幾載。因此，在這樣的夜晚，竭力描繪柔順的眉、深情的眼，邁入紅燭高燒的廳堂，幻想著自己是個新嫁娘。那些面容像流麗的紅蓮花，投在池中，因水的記憶，一直綻放到如今。

最初動念來韓國，為的就是叩訪山中古剎。微曦的清晨，循著蜿蜒山路而上，地面因霧氣與露水而顯潤潮。道旁是蒼勁的林木，低垂的枯藤，幾乎拂到行人臂膀。藏匿草叢中的松鼠，時時敏捷地在孩子腳畔奔竄，引起陣陣驚喜歡呼。

寺廟建築在雲霧深處的迷離所在，偌大的寺院，見不著一位僧侶，唯有一個佝僂的老人，緩慢地清掃階梯。外來的遊客，絲毫不能干擾，他彷彿入定一般，專注滌塵。棕色的山門敞開，綠色光影搖晃著，發出沙沙的聲響，忙不迭地要進來。清洌的甘泉，自後山引來，已走了一段長路，正優雅自在地，沿著竹筒，一滴滴漏進挖空樹心的水槽中。陽光因雲影掩映，輕巧地滑過排列整齊的碧瓦。飛簷下懸著小銅鐘，被風溫柔地轉動，嗡嗡低鳴，恍惚中聽聞，倒像誦經。

木造古剎，將陽光隔絕，卻自然呈現出透明光采的情調。禁不住闔眼聆聽，遠離塵囂，澄淨、肅穆而莊嚴，那是天籟。

母親的感受，似乎複雜微妙得多。我們在公園中遊賞，腳下是黃土與細砂混成的路面，因行走而與鞋底摩擦。母親說，這種道路，使她想起大陸北方，她出生的地方。甚至乾爽的空氣、拂面的涼風，都熟悉而遙遠。亞熱帶出生成長的我，完全無法辨認那些高大壯碩的植物；母親卻能一一喚出它們的名，如欣逢幼年友伴。入夜以後，在街上閒逛，發現新大陸似地，母親買到烤白菓及炒蠶蛹，捧在手中，沿路吃將起來。我在一旁好奇地睜圓眼，白菓在口中微覺苦澀；蠶蛹更令人費解，而它們卻是母親回憶裡，最可口的零食。此時細細咀嚼的，其實是思念的情緒。

離去之前，導遊引領我們認識行道樹：銀杏，在臺灣難得一見的。直挺的枝幹、細小的心形葉片，隨風搖曳，彷彿飄在半空中的青煙紗帳。這樹且分雌雄，雌株婉媚低垂；雄株昂揚聳立，各有不同的姿態。然而，究竟不能取代南國陽光下燃燒的鳳凰木；或是北都春雨中擎天的木棉花。只有在那塊我鍾愛的土地上，所有的情感，都可以找到生根的地方。

進出

我進了日本。

曾在歷史課本上，一遍遍背誦中日兩國久遠而深刻的關係。而從韓國釜山飛往日本，四十幾分鐘的旅途，突然發現，這是個多麼特殊的日子，恐怕連挑揀都不見得如此巧合，這一天確實就是：一九八六年七月七日。

還沒看見福岡，便先看見了綿綿細雨。那雨一刻不停地灑落，像哀悼著一個傷心的故事。

為了應付雨天的戶外活動，我們和同團的夥伴，到地下街去選購一枝雨傘。基於一種對美的需求與嚮往，不得不承認，自己真的被那些精緻的設計、巧妙的包裝所吸引。而更吸引我的卻是一批不期而遇的同胞，他們穿著講究，使用國語、臺語和日語交雜的語言。當他們購物付款時，音量極大，全不顧周遭的眼光，真可稱得上趾高氣揚、旁若無人。店家的面孔，始終掛著謙卑容忍的微笑握住錢鈔，不斷彎腰行禮。

這是個值得紀念的日子。當年，日本人舉著太陽旗和武士刀，「進出」中國。腥風血雨的歲月裡，中國人的死傷日夜增加。今夕何夕，中國人揚著大把美鈔，耀武揚威地，在日本「進出」。瞬息萬變的外匯市場，日本幣值節節升高。將近五十年後，這彷彿就是我們所能做的一切。

日本的大都市交通照例擁擠，遊覽車常被困在車龍中寸步難行。那天，正緩慢地通過一道橋，橋下是河溝，溝旁有沿岸而建的房屋，其中一扇窗是開的，窗內的婦人，抱著個小小孩兒，悠閒地指著我們的車。小小孩兒舉起白嫩渾圓的胳臂，向我們搖擺。車中昏昏欲睡的孩子，突然個個精神百倍，紛紛揮手答禮，一時之間，車裡車外熱烈融合。我不禁輕輕將手掌貼在玻璃上。那真是個美麗的黃昏，雨後的夕陽把房舍的倒影投進水中，也把微笑的母子嵌在波光中。

參觀了許多廟宇、古城，都是在維護下的文化遺產。然後，我們在公園一角止步，那裡有個銀白半球狀的物體。導遊為我們解說，在這個物體籠罩下，封閉著二十世紀人類食、衣、住、行的一切文明必需品，包括：電視、電話、電腦……所有二十世紀的產物都縮小複製在其中。每過一百年，科學家會開啟，添加新的東西。他們這樣做，為的是倘若有一天，在不可抗拒的摧毀下，人類瀕臨滅絕，仍能留下一些證據，證明我們的生活，曾提升到怎樣的程度。導遊最後做了一個結論，他說，日本是非常注重歷史的。遊客們露出驚羨的神情，輪流攝影留念。我走開一些，看著那一大塊突出的金屬，任何力量也無法損壞；以及它對全人類非凡的意義。同時，心中卻惶惑得厲害，這是同一個民族的所作所為嗎？能夠創造出「進出」這樣奇異的字眼；竟又保留著神聖的世紀標本。他們對歷史真相的取捨，憑藉的標準是什麼？

在東京停留了三天，乘坐電車四處遊覽，才真正見識到當地人緊張忙碌的生活景況。每到車站，車門在十幾秒內自動開合，所有上下車的乘客，必得在呼喊擁擠之中，安頓好自己。據說在尖峰時間內，還有以把人推進車門為業的。生活步調如此飛快，既不願被淘汰，只好迎頭趕上。現代人會不會在匆忙中遺落什麼，而不自覺呢？電車像箭矢一般向前衝，所有景物都拋在身後，想要停下來檢省，恐怕不是那麼容易。

東京是個新潮繽紛的城市，在某些地區，可以看見頭髮豎起像馬鬣的裝扮，招搖過市；也看見掛著大耳環，正反兩面都瞧不出性別的青年，勾肩搭背。

在某百貨公司前，圍著一群年輕人，一律穿白色衣衫，儀容整潔，態度誠懇。雙手環抱捐獻箱，恭謹地向捐款人道謝。導遊告訴我們，他們在為二次大戰受原子彈遺害的同胞募捐，更藉此警示戰爭的可怕。我的心靈陡地受到了巨大撞擊，始終埋伏在血液裡的悲痛甦醒，排山倒海，猛烈襲來；正與一個白衣女孩眼光相對，然後急忙跳開，彼此都驚懾於對方眼眸中，深沉的憂傷。

原以為激起的是極大的憤怒，結果卻泛漫成無比的愧悔。在我的家鄉，那些穿制服、背書包的孩子們，積極爭取舞禁與髮禁開放。九一八與盧溝橋事變，是否意味著聯考時的分數？至於整日在百貨櫥窗前閒蕩；把麥當勞當成家的孩子，是否了解「一寸山河一寸血」的民族情感。

未來，真的是有太多事急須努力；太多目標急待完成，凡是中國人，都有一些不應該忘記的歷史與深刻教訓。

細雨依舊紛飛，所有曾經波瀾起伏的情緒都平息；取而代之的，是極清明而了悟的心境。

只有八天，而不是八年。

我出了日本。

降落

已經飛行了一段時間，機身仍籠罩在濕冷氣團中，心情卻是明朗的，只因這次降落的目的地，是臺北。

在釜山飛往福岡的空中，曾遇亂流。上下左右晃動，檯上的飲料、架上的小行李，紛紛砸在地上。一陣尖銳喧譁後，所有聲音都停止，大家屏息不出聲。我與母親緊緊依偎，全然無助地，等待一切過去。當時，並不覺得特殊恐懼，不過有絲隱隱惆悵。如今，終於在回家的路上了。

戴上耳機，便可以從特定的頻道裡，聽見熟悉的國語歌曲。傾聽之際，竟浮起快慰的笑容，彷彿離鄉半生的遊子。窗外飛雲翻騰，缺少變化。輕柔的樂曲令人安定舒緩，蜷在薄毯下，我倦極睡去。

在興奮騷動的聲浪中醒來，才睜眼，便見一窗燦亮風景。已經穿越陰霾，回到陽光之鄉。薄薄的白雲下，是晶碧海洋。看見陸地的同時，我摘下耳機，聽見周圍孩子們喜悅地嚷叫：回家啦！我們要回家啦！

圓山大飯店的琉璃瓦屋頂，耀眼閃耀；基隆河靜靜躺臥，在雲端看不出汙染痕跡。

仔細將錶上的指針撥慢一小時，好像曾經失去的，都可以在此獲得補償。繫好安全帶，靠進椅背中，滿足地嘆了一口氣。等在前面的是晴是雨；是如意是挫折，此刻都不重要。重要的是我回家了！回到家，一切都好了。

後記

距韓日之遊，已逾一年。這一年來，韓國在變；日本在變；整個世界都在變，而尤以臺灣本島的變動，感受最深刻強烈。今年六月，臺北市異常喧囂，造成幾度的交通癱瘓。走過東區，敞亮的櫥窗中懸掛巨幅白布幔，毛筆字斜飛地寫著：「放眼看天下，天下亂糟糟。」

夏天來臨，又興起遠遊之念。飛天的愉悅，大概是多數人的渴望吧！然而，無論飛得多高多遠，想回家的時候，我們需要一個安全降落的地方。

編註：漢城為韓國最大城市，二〇〇五年更名為「首爾」。

行過翠微路——

卻顧所來徑，
蒼蒼橫翠微

每次上山，就有種企盼寫信的衝動，
下了山，這樣的念頭便打消了。
寫信突然變得艱難，
若只述山色陰晴，似乎顯得唐突；
若要叨叨從最初談起，
太多悵惘怎堪細訴始終？

之一

初次，單獨行過山道，走入一重重宮殿似的建築，琉璃瓦、粉白牆，宛如迷障，無端地令人恐惶。

有幾十個年輕孩子，等待在教室裡。那坐在窗邊，唇角朦朧帶笑的；那睜亮一雙好奇眼眸，面容因專注而光采煥發的；那有意無意，總轉頭尋索另一對黑瞳的，不正是我的同窗、我的鄰座、我的二十歲？所有的一切混合成特有的氣味，因太過熟悉而錯愕。偏那其中沒有一個座位是我的，我的座位不在那裡；在幾乎與四、五十個男孩女孩對立的講臺上。

今日以後，我所扮演的眾多角色，又將添一個新的名銜：師。

一枝枝粉筆，雪白地，在我指間磨短、銼斷。桌上恆常擱置一杯茶，熱氣蒸上杯蓋，化為水珠，紛紛再滑入茶中，恆常是被我遺忘的。

成長以後，唯一值得自豪的是：我乃重然諾之女子。因此，事事不輕易許人。一旦為師，便與學生訂下盟緣，只恐怕做得不夠多、不夠好；偶爾有暇，忍不住要去閱讀一些藏在眼中的心事，只一照面，便感受到眉宇間的陰晴。

終於知道，那片大黑板不是老師的倚靠；而是必須沉重背負的。講臺並不是使老師高人一等的工具，只是要在看得更清楚以後，感覺岌岌可危。我不禁羞愧，為了往昔課堂上一場不完整的瞌睡；一張從老師身後經過的紙條；一次忍不住交換的耳語，都是不曾自覺的輕忽。

直到此刻，方才一一知曉，悟到這原來也是一場輪迴！

每週上山一回，總有旅行似的歡愉。我戀著山道的風情；更戀山上的人情，絲毫不覺赧然。山是自然的；人也是自然的，凡是自然的，都能使我產生興趣與好奇。

之二

那年夏天，披垂好容易蓄長的髮，身著粉藕衫裙，執柄長莖荷花，嬝嬝婷婷，側立回眸，扮出個神仙洞府幽居的何仙姑。舞臺上且歌且舞，口裡吟的是「滿懷閒愁悶」；舉止態度卻是孤芳自賞。我是青春正好的現代女子，不願也不能了解：不老仙姝，千百年相同的寂寞心情；因注定不平凡而擁有的悲哀。

那時候，我不懂；現在，寧願是那時候。

那時候，什麼事都簡單，一群人夜以繼日聚在一起，風雨無阻，只為了對戲劇的執著。在那方舞臺上，結識一群華岡男孩，彼此信任；互相幫助。敷上脂粉，所有情緒都在眼神中傳達交通，觀眾感受不到；劇終謝幕，有時自己也難以置信，在那眾人眼光匯聚的小平臺上，完全不相干的人，精神上的親密契合，竟可以到令當事人驚駭的程度。

洗去鉛華，有一種悠閒的輕鬆，我把自己安放在角落，聽男孩們提起山上清涼的空氣，燠熱的黑夜裡，這是個好話題。

某個男孩突然回過頭，笑嘻嘻地：「仙姑！改天我騎車載妳去山上看臺北夜景，好不好？」

電扇搖擺大腦袋，嗡嗡作響，費力又不開心。

何仙姑笑了笑，不置可否。男孩把電扇扭慢些，更認真地：「很漂亮哦！妳一定喜歡。好不好啊？」

「好啊！」這次是我的回答，明確清晰：「當然好啊！」

於是很單純地相信著。夏天結束，秋天、冬天，循序走過，然後，第二個夏天，第三個夏天，第四個夏天……非但沒再見過面，連音訊都沉寂。

曾經深情召喚過的舞臺，我如今的選擇是遠遠的離開；因它每造就一場繁華，必以更長久的荒涼相殉。

逃離小舞臺，才發現生活在都會中，其實是個更廣大的舞臺。無數個帷幕升升降降，掌不住的喜怒哀樂；排不定的悲歡離合；算不準的榮辱得失。

更深沉的繁華與荒涼。

關於那座山，我陸續和不同的人，隨季節變換訂下計畫：賞花、避暑、拾楓、踏雪。然而，結果總是一樣，凡與這山有關的一切盟約，全是鏡花水月。山，是一直等在那兒的；人，卻未必如此。

之三

或許，大多數的時候，這山只停留在盼望中，因此，充滿著想像的神祕。

其實，不過就是可供行車的道路，蜿蜒直上，一邊是山壁，栽滿深翠細竹，蔥鬱相思，在季節中成熟的橘樹。另一邊便是大臺北，擁擠的高樓，密布的道路，長年靜臥的淡水河。隔著這樣的距離俯視，這個城市，被薄淡煙塵籠罩，驀地增添幾許脆弱柔美情調。這山道，原是年少諸多夢幻中，鮮明的一樁；而今落實在尋常生活。

校園旁有些紅頂白牆的花園平房，成一個幽雅寧謐的社區。初秋晴朗的午後，和班上一個圓臉大眼睛的女孩，緩緩走過。籬笆上的薔薇試探地伸出白色花苞，彷彿察覺往來行人的善意，準備恣情怒放。

女孩走著，便忍不住輕輕跳躍，時時仰頭，純稚地笑。我完全了解，這樣的心情離我仍不太遠，追究起來，因為陽光，因為山風，因為草花香，因為年輕啊！

「老師！」女孩仰臉看著碧藍天空：「我有個夢想，住在這樣的房子裡，早上起來，推開窗戶，用透明玻璃杯喝鮮奶。然後，牽著小狗去散步……」

我也曾有過，類似的憧憬，有關花園平房，早晨盛在高腳杯中的鮮奶，頸上繫蝴蝶結的小狗。要很久以後才發現，這些都太奢侈。

不要告訴她，女孩終有一天會面對真實，但此刻，讓她擁有更多悠遊的想像，她正是青青年少。

至於我曾有的熱烈奔放，逐日斂息，猶未銷盡。如一蓬火，燎燒之後，焦黑邊緣鑲上燦亮的鮮紅絲絡，寂靜、緩慢，忍受痛苦卻又全然無怨地輾轉翻騰，竟似一種美絕的犧牲，化為冷灰以前，每每懾人心魄。

之四

曾經，弄不清是怎樣的心情，車過士林，總禁不住微仰頭，遠眺那幢巍峨建築，高居山頂，或許因為接近太陽，每個角度都閃耀。

「那裡有著什麼樣的天氣？」有時，同行友伴因著我的好奇而疑惑。

許多年後，我佇立在那雪白牆下，看乳燕返巢，築在黌宮簷下。不在王謝堂前；也不在尋常人家。

山下看著是雲，近了以為是霧；直到置身其中，才能感覺那沾衣竟也不濕的絲雨。

雨中的華岡，一切都迷濛，遠處近處綿延起來，驀地無限寬廣，沒有邊緣。假若再颳一點風，牽動木葉，衣袖被灌滿，人幾乎可以飄浮。

每次上山，就有種企盼寫信的衝動，想把自己一路行來的情緒封緘，寄到遠遠的地方，給久未連絡的朋友。下了山，這樣的念頭便打消了。寫信突然變得艱難，若只述山色陰晴，似乎顯得唐突；若要叨叨從最初談起，太多悵惘怎堪細訴始終？

有時也會認真回想，最後一次書信往返，是誰耽擱的？為什麼耽誤的？

時常是想不起來，正像其他許多事，錯過了，當初也是不經意地。

終於提筆，墨色鮮明，燈下疾疾書：「回首向來蕭瑟處，歸去，也無風雨也無晴。」

寫在日記裡，還是選擇了，留給自己。

之五

八月，都市裡的燠熱窒人，與朋友上山，走長長的路，尋一處幽雅所在，吃晚餐。

那所在憑山而建，玻璃窗片片相連，全朝向夕陽最後崩落的方向。霞光逐漸斂退，鬱蒼無聲無息，從每個縫隙流進來，分不清是暮色；還是樹影。

庭院有淺淺的流水，弧度很大的小橋。各式禽鳥，俱成雙對，安適地展翅或啄食，時間在此無限制的延展。

店主人想讓來客滌塵參禪，我卻在其中感受更深切的溫柔，一種對紅塵世情的眷戀不捨。

歸去，山徑寂寂，回顧那紅燈融融的所在，的確是我喜愛的。卻不知何時會再來？或者，會不會再來？

朋友也不能確定：

「下一次，不知道和什麼人來。」

帶著一點笑意，一點迷惑。

這是一份共有的莫奈吧！我想。總是料不定，應該到什麼地方去；應該與誰同行？

正式成為教師，夜裡，接到一位故人電話。每次，在電話裡，看不見對方的眼眸，聲調總格外熱烈。談著，話題轉到那座山。

「我有個朋友住在山上，他家的浴缸在室外，泡在裡面，一邊可以欣賞大臺北的萬家燈火。妳要不要去？妳不是喜歡夜景嗎？很安全、很隱密。我帶妳去好不好？」那一頭等不到回答，兀自輕吟：

「春寒賜浴華清池……妳想，楊貴妃看得到這麼美麗的夜景嗎？」

聽筒使勁壓住柔軟耳骨，感覺疼麻，我禁不住歎息。

「開玩笑的。」那頭的笑聲夸飾以後，極不自然：「把妳嚇壞了？好人家的女兒怎麼可能做這種事！」

因為我的延宕，這話題，今生恐怕都不會重提。然而，心中仍有些放不下的牽念：真有那樣奇特的浴缸嗎？仰頭可以看天上燃亮的燈火；轉側可見人間流動的銀河。

是真的嗎？或也只是一句頑笑？

到底哪些承諾只可一笑置之？哪些盟約必須固守三世？成長以後，因為不能分辨，而成生命中一則無法解釋的悲傷。

與一個可以長久相隨的人，去一處嚮往多時的地方，不拘山或水；靜靜對坐，非常稀少的字句，交換一些肯定的、可持續到最後的言語。

假若，一個二十六歲的女子，以全心全意堅持這樣的願望，是不是可以，終究可以成真？

之六

端午節才送走，又準備迎中秋了。太平歲月容易過，每天都理所當然。然而在山道轉彎處，響起尖銳刺耳的煞車聲——來不及，什麼都遲了！山林、山花、山鳥，睜睜看慘禍發生。

那輛遊覽車載著長青會的老人們上山遊覽，原是一次歡樂的旅程。擎著麥克風的阿婆，因著一首民謠，想起初戀的嬌羞；闔眼假寐的阿公想起廟前一群彈唱的友伴；阿伯正轉頭對鄰座的阿嬸談起愛聽故事的孫兒；阿嬸想著家中甫滿月的囡仔……他們都聽見刺穿耳膜的摩擦聲，如拉滿弓射出的箭，任誰也無力斷阻地，奔向死亡。

不能相信！直到最後一刻，仍是不肯相信。

現場逐漸凝聚成整齊的「南無阿彌陀佛」，有時參雜著啜泣嗚咽，而終於佔領天地，成唯一的，界於生死之間的聲音。

有個服役的朋友，因著學醫，志願充當擔架兵，喘息奔跑在崎嶇山徑與階梯上，一趟又一趟，企圖在死屍中尋找一絲氣息。

「到最後簡直快癱瘓了。」他在信裡寫道：「有許多不相干的民眾準備了冰水、飲料在途中替我們加油，還有力量的民眾也下來抬擔架了。我常想到那天的慘況，滴血的山路，血腥的氣味，還有滿路燒冥紙的氣氛……」

究竟有多悲慘呢？我在燈下與這樣的景況遭逢，忍不住的泫然。

初秋晴空萬里，時常連一片雲都不見。山道經過清理，看不出一點痕跡。肇事車被拖吊上來，不知為什麼擱置路邊，早已擠壓變形，色彩卻那樣繽紛鮮麗。

午後下山，再次經過，竟見到幾位金髮洋人，站在車旁，好奇欣然地攝影留念。大好陽光，明媚山色，與一件造型特殊的景觀藝術。兩個女孩換個角度再拍一張，笑容爛漫天真。

那扭曲的車體，突地不再帶有痛苦；彷彿回復到啟程的歡愉。

這是多麼荒謬？

但，極驚愕之後，終明白了。

人世間不論多麼悲痛的事，禁不住幾回日落月升，終得成為陳跡的。那些當事人生命裡的刻骨銘心，頂多成為旁人茶餘飯後的雲淡風輕。

這樣看來，沒有一件不幸與苦難，是必須執著一世的。

即使像梁山伯與祝英台，以身相殉的至情，千百年後，不過成為比翼彩蝶，妝點春光的一則傳奇。

只要一點點哀愁，許多的美麗。

原來如此。

無盡的收藏

其實，每個人都有百寶箱，
可以無限制的膨脹，
濾過怨尤、絕望、惆悵，
把值得記憶的，
一樁樁、一件件，仔細收藏，
成就一世的無悔。

怒沉百寶箱

曾有一只百寶箱，在風雪冰封的冬季，沉入幽黑江底。瑤簪寶珥、翠羽明璫、夜明珠、祖母綠，難以計價的玉簫金管，作為傾城名花的陪葬。

故事的開始，是個名喚十娘的教坊女子，錯墮風塵，直到遇見一位多情公子，才協力籌款，脫出火坑。原以為自此平步青雲，誰知道攜手返鄉的途中，怯弱的公子禁不住引誘，將十娘轉賣一名商人，換取些微錢財。只因為公子並不知道，身旁嬌娥帶著一個無價之寶的百寶箱。那公子既是眼內無珠，自然不能辨識匣中美玉。

於是，當十娘決絕地站在船頭，懷抱百寶箱，連同自己，投入滔滔白浪的江心時，那姿態如凌厲寶劍，越過數百年時空，直穿刺我的脊梁，真正的驚悚顫慄，不能自已。十娘，這最富有的女子，為什麼拚盡心力博取，到頭來卻是徹底的絕望與自殘？當年，十娘殉身前的嘆息，如今，在我齒間悠長舒散。

自那時節便知道，十娘拋棄的百寶箱，我也不要；至於她始終求不得的，就得看各人的福分造化了。

絳珠草

靈河岸上三生石畔有棵絳珠仙草，十分嬌娜可愛，因得甘露灌溉，又受天地精華，遂脫草木之胎，幻化人形，修成女體。

年少時候，最深的疑慮，是自己過分敏感多愁的心緒，控制不住的傷春悲秋。學校放假，送同學搭車返鄉，車還未開動，淚水早滾過面頰，拭也來不及；好友生病，獨臥宿舍裡，走長長的路，前去探望，才見憔悴寂寥情狀，便唏噓起來；同窗失戀了，如平地雷響，準備好許多安慰的話要說，還沒開口，先哽咽失聲。

周圍的人倒都能體諒，只說是孩子氣，長大了便好。十六歲生日那天，收到的禮物中，有一本《紅樓夢》。我那愛穿緊身牛仔褲的朋友，嘻嘻笑地遞給我：「真受不了。」她說：「妳看看這本書，竟然有人跟妳一樣愛哭呀！」

不經意地掀開扉頁，紅杏雨、綠楊煙，我走進良辰美景，深深的大觀園。我走著，有時想召她同行，她湊近看看，便又走開。流行的舞步，旋轉的燈光，才是她的世界，但她必須要確定，在我的天地裡，我是安好的。

不管如何，我真的在大觀園中迷了好幾載，找不著出路，彷彿也不想離開。五專畢業後，她不斷徘徊在求職與失業之間，無意中指引大觀園門給我的事，早成為最不重要的一樁。我的日子，如同歷險般，也風塵僕僕，走過一程又一程。曾經顰蹙便像要哭泣的眉目，如今成為強硬的線條。人前落淚，有所不甘；背人暗垂，似乎不必。事情來時既不願示弱，事後感傷，已於事無補。我的眼淚，逐漸珍貴了。

許多年來，斷斷續續，始終保持連絡，誰也不願中絕。在她累積的生活經驗裡，挫折沮喪佔了過重的比例。有時候我也懷疑，這裡怎麼容不下一個沒有企圖心的女孩？一個以為世界很完美的女孩，一個學不會自衛的女孩？或許是的。一個複雜的人，在簡單的地方，可以愜意生活；當我想起她，便多麼希望，世界的某個角落，有一個真實的桃花源。

有人告訴她，她竟然也相信，太平洋的另一邊，一切可以重新編排，夢想可以成真。花費了許多時間精力，終於在這個冬天，完成學校申請與出國手續後，高漲的歡欣情緒逐漸降落冷卻。離別的時刻愈來愈近，此時揮別，是否還能相遇，誰也不敢說。電話裡，她的聲音是從未有過的徬徨無依：

「現在才想到，我最怕考試的……」

那些同窗的歲月裡，每次考試前，我總在圖書館某個角落，等她匆匆忙忙，睡眼惺忪，尋訪而來。照例愁眉苦臉地求救，我照例把重點擇要講給她聽，盯著她一個字一個字強記下來。

「從今以後，考試的時候，我到哪裡去找妳？就是喊破喉嚨，妳也不能來救我了。」

順著彎曲細長的電話線，溯回十年前，纖弱善感，不捨又好哭的自己，淚，從乾涸的眼中湧出，怎麼也抑止不住。

「瞧妳！」那頭的笑聲帶著濃濃鼻音：「還是和以前一樣。」

即使像以前一樣，又當如何？已經流逝的，怎麼都不能挽回了。

已經流逝的，其實也不需要挽回，在每個檢省的剎那，都有著無以名狀的感激。

凡在我生命中經過的，幾乎都以溫柔為甘露，憐惜地灌溉，成就我今日的亭亭。那些光輝的淚華，原是為了報償千絲萬縷的深情。

一株嬌養在十丈紅塵的絳珠草。

金步搖

梳妝臺的角落，有一只黑色描金匣，曾是慣常把玩的，如今久不觸碰，竟生了薄薄塵埃。雖然久不開啟，卻清楚記得，匣底鋪了層雪樣棉花，蓬蓬鬆鬆，躺著幾枝釵。安適地、長久地。

金簪雪裡埋。

那年初將及耳髮絲蓄長，胡亂找來各色飾品，迫不及待要展現所有青春。然後有一天，行過光亮櫥窗，被一枝精巧美麗的髮釵深深吸引。店員小姐和氣地為我挽起長髮，斜斜地、簪上那枝金步搖。鏡裡容顏黃澄澄，反映出古早銅鏡的奇異輝煌。我與陌生的自己對望，頓覺恍惚怔忡。驀地，濃密長髮崩落雙肩，金步搖滾滑下地，停在我的腳邊。

我盯著，知道那恐怕將成為晝思夜想的鍾情。

同時也清楚，那價格遠遠超過我所能負擔的。可是，如同一股無怨相思，我認真地，一點一滴積攢零錢，先是放棄了蜜豆冰，然後是零食，最後是電影。每次逛街，定要拉著友伴去看，彷彿那已經是我的，只不過借給他們展示。一切都是那麼篤定；理所當然。

然而那一天終於來了。我驚惶地奔進去，向店員小姐詢問。賣掉啦！她說，十分確定。只不過，不過是兩個月或三個月的事。

同伴的聲調壓低了，顯得格外溫柔：「其他的樣子也不錯呀！」我的悲傷，不只因為失去心愛的東西；更為了積存的錢還不到三分之一，分明就是遙不可及，竟以為唾手可得！怎麼會這樣的癡心妄想？我為了自己的愚駭，感到深深羞赧。

儘管，陸續地，總有人告訴我，某條街道有枝特殊的金步搖，鵝黃、鴨綠、紫豔、浮金……我一概微微笑著聆聽，並沒有真正被打動。這樣悵然若失的情緒，始終持續，直到春暖花開的三月天。

我興奮而遲疑地拆開陳列在面前的禮物，一枝、一枝、又一枝……我的朋友們四處搜尋獨一無二的金步搖。那流蘇、那寶絡、那瑪瑙、那翠玉，乍然相遇，在我眼前全幻為金碧鮮亮的光華，瑩瑩閃爍。原來，這些才真正屬於我，自今而後，千金不換。

一年年，髮長了又截短，短了又長，炎熱的暑假，一鼓作氣剪成既薄又短的髮式，把積存多時的髮夾髮帶都送了人，唯獨留下那幾枝髮釵。

前幾年，在舞臺上扮演古典女子，雲肩、水袖，斜斜簪上我的金步搖，扮出一個梅妝蓮步的女窈窕。後來，遠離舞臺，那些髮釵彷彿永遠也用不著。

於是，它們便靜靜等在那兒，守著回憶；記著感激。

永不止息的收藏

我有一只百寶箱，永遠不會失竊；可以蘊藏無數珍寶，把玩檢視這些寶貝，使我從不曾有真正寂寞的感傷。

但，這些收藏，對旁人來說，可能毫無意義：歡樂的相聚，悸動的剎那，卻豐富了我平凡的生命。我的百寶箱，是個最堅韌的地方；也是最溫柔的。曾經，為了試探深淺有無，被人有意無意地擊破了，碎成片片，所幸終能修補完整。歷經歲月離合，兀自溫熱，柔情萬縷千絲，如五色花紋，交相纏護。

其實，每個人都有百寶箱，可以無限制的膨脹，濾過怨尤、絕望、惆悵，把值得記憶的，一樁樁、一件件，仔細收藏，成就一世的無悔。

擁有這樣一顆心，應該是富有的吧！

杜十娘癡執以求的，大概就是這樣一只百寶箱。

她是漁孃

「妳不知道啊！」她的婆婆，意態悠閒地：

「師傅說她前生是打魚的，造業太多……」

至於我呢？什麼是我的前生？

車輛依序前進，將道路流動成河，

道旁炫亮的櫥窗，如岸邊流麗燈火。

整個臺北市都是細雨，道旁木棉從枝椏高處墜落，鏗然地。在陰霾氣候中，益發顯得一派壯烈淒清。

我努力從生活裡騰出一點空隙，用午餐時間，去赴那場約會。一直以為越過迢迢道路去探視的，是我親愛的朋友，後來才知道，是個漁孃。

有一種情誼，穩貼扎實，甚至沒有溫柔話語，只是年復一年，自然成了天長地久。

電話裡，她的聲音沙啞嘶啦：「病了快一個月，前兩天才出院……咳！咳！咳！」她粗濁地喘息：「那時候以為不行了，想叫妳來見最後一面……」

「我知道妳非常忙，但是，來看看我吧！妳是我的……」

護身符。我是她的護身符，年少時的狂言妄語，說的時候是神采飛揚地，而今氣息屏斂，知道自己其實無能為力。

諸多樣式的情緣遇合，在我看來，只有兩種：一是並不能確切了解我的細微變化，然而只是溫厚縱容，全盤接受，成為安定的信賴；一是同樣敏銳多感，掌握住我的快樂，也操縱著我的痛苦，時常，痛苦與快樂緊錮靈魂，歡喜與焦灼焚燒著神經。我不知道那一種情緣才是我企盼的；但我知道，過去和未來的歲月，注定要在其間載浮載沉。

因為同學，成為同伴，看似沒有選擇，竟也通過一次次試煉。當她準備訂婚，我便提醒別忘了請我當儐相，故意把話說得極慘：「說不定我一生只能穿一次白紗。」她的眼睫驀地沉陰。

婚前，她打不定主意挑選哪一件婚紗，卻挑了件「最適合」的小禮服給我，興沖沖拖了我去試穿。鏡壁四圍，明亮地反映著我的亭亭青春，白緞歐式及地禮服，鑲著精巧珠花，優雅的肩袖剪裁……妳喜歡嗎？她問。我看著鏡中不像自己的自己，正如仙杜莉拉在鏡中遇見盛裝的公主，不敢移動，怕只是個幻象，瞬息間灰飛煙滅。

「當我幸福時，愈感覺妳的孤單，其實，我希望能和妳一齊披婚紗。」

看到了她的信，才透澈明白，在那場略顯拮据的婚禮中，她耗費了一筆不必要的金錢，替我圓一場童年憧憬的豪華夢境。實在是我，把那不凡的看平常了。

此時，她已為人母，又再一次孕育個小生命。第一次懷孕時，她患胃出血，岌岌可危，乍聞消息，我的憤怒驀地燎燒，怎麼所謂的美滿婚姻，竟把人摧折至此？第二次懷孕，她頹山倒岳地患了重感冒。大概在東部水土不服吧。她這樣解釋，使我不便也不願猜疑。

若干年前，她到東部晤情人，斷絕音訊好幾天，後來輾轉知道，她已帶著驀然來襲的病症回到臺北了。衝到那層公寓，與臥在病榻的她打個照面，立時癡昧愚騃了。任同來的人為她倒水，替她翻身，努力辨識她含混的發音，我傻傻地站了許久，感受到清晰的滅絕；於是，移到窗邊，猛力地，顫抖地推開窗，驅趕死亡的鼻息，它靠得那樣近。

她的情人怎麼放心，讓她走那樣長的路？我幾乎懷疑愛情。

而今，她的丈夫又留下他們母子，在這個城市。坐在她婆家的廳中，看她追逐滿地跑的兒子，苦苦地餵飯。偏那仔仔爬上爬下，扭來扭去，撒嬌耍賴，極盡磨人之能事。做母親的央著、求著，除了焦急，並不發火。

我們的話題落實在生活裡，談她的病；談她的仔仔，談著，她突然詢問，要到什麼時候，我才能停止飄泊，專心誠意地戀愛？我笑起來，這事可由不得我。最近才學會，很多事都只能笑一笑，那些說不清，也不必說的。

「妳還是有那樣的夢想？」

年輕時候，我把很多癡狂的想法告訴她，有些她並不真確明白。我們擠在一張床上，通常是她的寢室裡，說著說著便睡去了。天亮以後，我在睡醒之際，聽她下床，烹煮早餐，然後，像叫小孩似地喚醒我，捧來我的衣裳，盥洗室裡早放好了毛巾肥皂，牙刷上擠著適量的牙膏……她實在是知道我，知道我的迷糊、散漫，知道我的不切實際。

「是的，我還有夢想。」我回答。她當然也知道我的固執，這些年，憑著一點固執，才走過來。

她的仔仔突然嘔吐，她跳起來，抱著孩子往浴室跑。

「妳不知道啊！」她的婆婆，一位壯碩的婦人，在我身邊坐下，意態悠閒地：「師傅說她前生是打魚的，造業太多，所以，今生要來受苦，這是注定的啦！不過，她太軟了，今生恐怕還不了，下輩子還要還……」

我聽著，脊骨驀地陰冷，幾乎忍不住顫慄，於是，走到浴室外，看著我跪爬在地上的朋友，她捲起袖子，清除地板上黏稠的穢物，原來像藕般渾圓粉亮的雙臂，滿是這次治療留下的青紫瘀痕，每一針都是掙扎，都是，都是前世的冤孽？

「我幫妳……」

「不用！」她抬頭，倉促尷尬地笑。

我看著她，這懷孕的女子，將所有心血精力投注在丈夫、孩子身上，終於逐漸失去嫵媚雅致，乃至形銷骨立，憔悴羸弱，他們卻說，她是個漁孃？

告別以後，我繼續在城市的街道上奔波。入夜不久，明顯地感覺不適，頭昏腦脹，喉嚨乾灼。「妳來看我，我就好了。」我的朋友如是說。她的憂苦我不能分擔，於是，傳染了她的病痛。而白天聽到的話，異常清晰，說她前世是打魚為生的人，打魚也是為了餵養一家老小，在那些有風有雨，或是酷日當頭的時候，出外討海。至於我呢？什麼是我的前生？車輛依序前進，將道路流動成河，道旁炫亮的櫥窗，如岸邊流麗燈火。

我想，我是一條小魚，在網中困頓彈跳，她不忍，於是，將我拋回水中；而我記住她撒網時那柔和優美的弧度，今生便再尋來，結一段緣。

飄飄蕩蕩，分不清車中或水中，今夜，我是一尾感冒的魚。

從今以後

坐在搖晃的車廂中，
陽光被隔絕，海岸滑過去，
遠遠地落在後面，彷彿只剩下彼此了。
於是，把自己堅持不肯吐露的經歷、
軟弱的掙扎，一一訴說了。

下著雨的黃昏，那修長文雅的男人，顛躓道途上，買了一大束百合花，插在瓶裡。然後雨中接來心愛的女子，兩人進了日式平房，保持著距離，面對面地跪坐著。

房內房外都暗了，唯有那碩大的百合與男人的衣衫，雪白瑩亮著。久久，男人說，以極低沉的聲音：

「我一定要告訴妳，妳的存在對我是必要的。這句話，晚了四年……」

穿著和服的女子，已在男人撮合之下，嫁給了男人的好友，做一個不快樂的婦人，也過了三年。聽見這樣的剖白，出自這個自制力極強的男人，她那雙美麗的眼睛盛滿哀傷。

女子仍是年輕的，這些錯誤原本都可挽回，但，痼疾纏身的女子隨時準備接受死神召喚；如同漆黑將漫進房中，除了男人與百合以外，吞噬一切。

一九八六年，由日本作家夏目漱石原著改編，電影《從今以後》的片段。

銀幕上的雨，與窗外的雨，連結成無邊無際的迷茫。我聽見自己悠長地嘆息，一對含蓄的戀人，只因缺乏勇氣，晚了四年，竟然耽誤了一生。

將近一千五百個日子，不算太長，可也不短。仍清楚記得二十二歲，不識得孤寂的意氣風發。任何事情，都可以妥協，絕不強人所難；從未剛愎自用，像是個最容易相處的人。唯獨情感的付出與領受，無理地固執，要求按照我的方式，也不理會那是否適合忙碌疲憊的現代人。

「怎麼會有這樣的人？」曾有個朋友，蚪結眉心，瞪大眼睛：「妳只用理智，沒有感情？」我困窘無言，看著他一步步走開。所幸，他只是走開，並沒有離開。

一直是這樣，周遭的朋友，給予我最寬容的對待。

然後，偶遇另一個朋友，因為合力艱難謀事，而完全信賴，久了，便成習慣。縱情地談論心靈易動，交換紛擾人世訴說不盡的離散波折，每一次微微仰望，都覺得心安。共處的日子，免不了各自滄桑，有些事是不能與人分擔的，無論怎樣的心情，只能獨自擁有。

時常，在電話裡，聽著熟悉的聲音，如一尾滑溜的魚，輕巧游過黑夜，貼著我貝殼似的耳——妳好嗎？

總是猶疑片刻，才能遲滯地問：「你呢？你好嗎？」

結果，都不知道對方好不好？只因為斟情愈重，酌意轉薄。

極難得地，在雨季來臨時，找著好天氣，搭乘火車，一同去看海。回程時，坐在搖晃的車廂中，陽光被隔絕，海岸滑過去，遠遠地落在後面，彷彿只剩下彼此了。於是，把自己堅持不肯吐露的經歷、軟弱的掙扎，一一訴說了。身旁的人靜靜傾聽，那些事與他，其實根本沒有關係；然而，溫習那段心情，一路行來，他的專注與端肅，令我有忍不住的悲愴。

對於我的淒涼，他只能在一旁束手睜睜看，甚至不能流露任何表情。因為我恐怕超越了，便回不來；而他顧忌我所有的疑慮。

曾有一個溽暑的午後，那小巧地、穿和服的女子，撐一柄玲瓏花洋傘，走過紅色木拱橋，去拜訪她心中最初的戀人。漫長的行走，使她出現在略感驚詫的男人面前時，特別荏弱。

輕拭額角的汗珠，女子微微喘息，她尋著桌上一只玻璃杯，準備要喝下那半杯水。

「不要。」男人迅捷地阻止，因那杯緣曾與他的唇纏綿。

他把水倒了，解釋著：「髒了。我去倒杯水來。」

男人離開，女子的眼光卻沒移開那只杯，她抑止不住，伸手取杯，浸入養花的器皿中，汲取半杯水，仰頭一飲而盡。花朵的芳香、枝葉的苦澀、不能啟齒的相思，化為一縷沁涼，自喉頭經過心房，融入每個枯乾的細胞。

男人用乾淨的杯，倒來乾淨的水，只見女子的頸項後仰成優美的弧度，輕闔著眼，唇畔漾起夢幻般的笑意。

雷聲隱隱，女子立在窗邊，風中衣袖翩翩，如展翅的彩蝶，在男人潮濕的眼瞳中，瑩瑩光亮。

因此，男人下了決心，在下雨的傍晚，在黑夜來臨前，在他們都愛戀的百合花前，傾訴心事。

不得不承認，對那女子，是羨慕的；因為在我的生命中，竟無一點蝴蝶因子，容不得自己一點點的出軌。

火車回到城市，無可無不可地，我也回到原來的生活圈。月落日升，好像沒什麼爭議的，生活就是這樣。

獨自看一部電影，努力把自己從沉溺的感動中拯救出來。我應該還算年輕，也沒什麼不可挽回的錯誤，（怎麼連錯誤也沒有？）也不清楚，將會有怎樣的一生。

從今以後，我仍將繼續把自己拾掇齊整，不疾不徐，穿越街道。站在十字路口，不動聲色地看著橫衝直撞的行人車輛，等待綠燈亮起。

從今以後，當然，有時候也會禁不住思考，一只透明玻璃杯的使用規則。

如果，真有規則的話。

一場筵席

是春天剛開始的時候，那天下午，
教室裡充滿一股激越興奮的情緒，
每雙眼眸都藏著神祕的笑意，
有些奇特的期待在空氣中飄浮……
是不是有個歡喜精靈闖進來了，
只有我看不見？

一開始便知道，這只是一場筵席。

終於，在今夜，夜很深很深的時候，我仔細展開稿紙，慎重地，在燈下記錄一段心情，給你們。

認

去年秋天，為了〈蘭亭集序〉，嘗試一次課外教學。從城中區到外雙溪，去看中國古典庭園設計與建築。雖然煞有介事地捧著課本講義，實在只是想把你們帶出那片水泥森林，聽一聽流水的聲音，看一看行雲的姿態。

那時你們彼此還不熟稔，陌生與隔閡表現在每一個小心翼翼的接觸中。然而走著走著，天空竟飄起雨來，雨勢愈下愈大，於是，女生撐起傘，讓男生進入傘下，風裡雨裡，迅速建立起同舟共濟的情誼。

我站在路旁，望著這列長長的隊伍走過，是的，就是這樣。你們將要共同度過一千四百多個日子，那些橫亙在生命中，不可預卜的快樂與悲哀。究竟是怎樣的塵緣？

看看你身旁的、身前與身後，自東、自南、自西、自北，穿山渡水而來，為的只是要與你同窗。傳張紙條；借枝筆；或者交換會心一笑；又或者在球場上，喊著你的名字叫加油。而在很多時候，你容易地輕忽掉，根本不知道；就像我的年少，把一切看得太過等閒。如果，在還不太遲的時候，你知道了；如果，縱使知道仍免不了傷害，那麼，請你輕一些，更輕一些，不要讓任性的恣狂，成為午夜夢迴的痛悔憾恨吧！

至於我呢，從當日的懵懂散漫，一點一點的滴漏、沉澱，以及瀝乾，逐漸摶聚成形。

今日佇立講臺上，敘述前人的故事，自己的滄桑，然後，雲淡風輕地微笑著說，瞧！世上並沒有真正過不去的事。然後怔忡，那樣漫長的細細錘鍊，成就我這樣的女子，原來，為的只是在某時某地，輕輕推開一扇門，與等待著的你們，相認。

記憶之前，須先認取。

惜

按照規定，每學期得繳四篇作文，一個學年，便是八篇。已記不真切，是從哪一篇開始，你的作文不為自己寫，不為老師寫，不管什麼題目，一概寫給

「小曼姐」。這三個字令我詫異，彷彿宿醉夢中，聽見自己最親暱的名被呼喚，而因暌違太久，遲疑著，不能回應。當我年輕時，人喚我的名，多是對稚幼的愛寵憐惜；而今，你的稱謂多了一個字，僅那個字使歲月奔流如河，昨日的我與今時，遂成兩岸。於是我知道，一旦學會擔負，便不再有臨水照影的自憐情緒。於是重新面對，雖然寫在稿紙上，卻聯成長串，幾乎要溜滑開的，你的字跡。

其實，你思考的是莊嚴的、生命的問題，而你的不羈使人困惑，幾乎對誠意起疑，寂寞便是這樣，一點一滴累積的吧？

那個陰霾午後，你堅持和我搭一班公車，去政大找一個已經分手的女孩。司機將車開得狠快，駛過坑洞便飛跳起來，在一路顛躓之中，我安靜地聽你說青春聚散，說她的漠然，說你的難捨。

「我知道去找她沒有用，可是又想見面。」

你終於還是問了，問我該怎麼辦。

怎麼辦？我告訴你，立刻下車，取消這趟行程，停止沒有意義的折磨。總有方法可以忘記她，即使是暫時忘記也好，努力找出那個方法，去實踐。然後，溫柔地對待自己；獎勵自己；取悅自己；重新認識自己。

你的徬徨與我的堅定，份量相當。

車於是停住，我們揮手作別。

我在車下，目送著你，奔赴那場毫無勝算的約會。

「今天真是好天氣，只想和妳分享。」

「想起那件有趣的事，便要告訴妳。」

時常，我分享著你的美好，卻不能勸阻你以刺鳥的意志，投身向枝椏尖梢；也不能遏止自己惻惻的惆悵。人生一世，為的該不只是一首淒絕美絕的歌。

大部分的你們，是沉默的，正如我的學生時代。只以清亮眼眸盯著臺上的老師，聽見有趣的事，會因好奇而發笑；心領神會時，便點點頭。妳也是這樣的，乖乖巧巧坐在前面位子上，偶爾狹道相遇，羞怯勉強打個招呼，便急急地逃開，總是匆忙慌亂得令人不忍。

某次講課間，提到飛鳥雖避人，卻也親人；就像我曾飼養的白文鳥，會在掌心啄食；而在裙褶安睡，輕輕巧巧泊在肩頭，隨人四處行走。但我總是夢到白文的鎩羽斷翅、鮮血淋漓，而後，在悸怖的心情中醒來。是太擔憂的緣故吧，我說，美好的事物，總令人疑惑，怕不能保持長久。

下一次上課，妳由同學陪伴，在電梯旁追上我，遞上一幅鉛筆畫，鳥巢裡，兩隻依偎著的白文鳥，祥和安定。

「我以前也有好可愛的白文鳥，跟我一起吃飯睡覺，後來……我翻身，把牠壓死了。」

說著，眼圈泛起潮紅。我並沒有藉機施行愛的教育，因為相信，妳必然已經了解，過多的愛，也能造成毀敗。我只是珍寶地將畫夾在書櫃玻璃門上，每一次轉身取書，都可以看見。畫的後方是四史、十三經、文選、廣記等等，層層堆纍；畫中鳥巢的每根線條，都細細描繪，編織纏繞，所要護持的，則是一顆柔軟、跳動著的心。

為著我不經意的提及，妳耗費心血時間去描繪一個永恆；而後拿著畫向我走來，需要多大的決心與勇氣。到底是什麼？什麼力量可以使夢想緊緊相繫？

緣繫千里，惺惺相惜。

驚

是春天剛開始的時候，那天下午，教室裡充滿一股激越興奮的情緒，每雙眼眸都藏著神祕的笑意，有些奇特的期待在空氣中飄浮，飄過來，飄過去，捉摸不住。只要轉開視線，立刻有蠢蠢欲動的竊竊私語。有個歡喜精靈闖進來了，只有我看不見？

我幾乎要放下書本，對著一張張被快樂的祕密憋得光采煥發的面孔說：好吧！謎底揭曉——那是什麼？

而我究竟沒有這樣做。儘管我獨隔絕在外，儘管氣氛愈趨詭譎，但，那是一種未曾出現過的現象，每個人都忍不住地雀躍，不要因為我而隔絕阻斷，讓這樣的情況，長久地持續下去。

第二堂上課，有人借用十分鐘給你們作問卷調查，因為出席率比較高，可不是，你們都到了，整整密密地將教室膨脹。熱情地送走調查人員，我去關上教室門，最大的鼓噪騷動驀地騰起，在掌聲與呼叫聲中回首，你們之中的一位，捧著一大束鮮紅玫瑰，風一般地迎過來。最初的幾秒鐘，些微昏眩，不太清楚發生了什麼事。接著，你們異口同聲地喊：生日快樂！

我被突來的驚悚禁錮，茫然不知所措。

很年輕的日子，曾經計較過，唯恐周遭的人忘記我的事。甚至在很久以前便猜測，今年是否將有一些不同的？於是，朋友們四處搜集，堆砌我的慾望城堡，堆得那樣高，我是堡內獨一無二的王，顧盼自得，看不見外面的世界。直到生活陸續起了變動，才發現一些事實，看清自身渺小，內在貧乏。

為什麼，一年三百六十五個日子，朋友得記住無關緊要的那一天？為什麼，朋友要挖空心思表達祝福的情意？

為什麼，我付出的這樣少，獲得的這樣多？

你們怎麼知道的？

應當是先有了那樣的意思，於是，用盡辦法找出那個日期，並且算好最接近的上課日子，約定了守口如瓶，然後靜靜等待，愈近愈按捺不住，乃至坐立難安。謎底終於揭曉。

玻璃包裝紙光彩琉璃，玫瑰新鮮得像在燃燒，我看著你們高聲唱生日快樂歌，唱完一遍又一遍。站在講臺上，深深俯首。

是的，我感激世間所有的溫柔。除了感激，想起過程，尚兀自心驚。

直見性情，難免驚心。

饗

那段日子，總會從課堂上捧些花朵回家，或是玫瑰，或是菖蒲，或是雛菊，或是水蓮，花器中不時更換著。從來，我就不是鮮花供養的那種女子，即使在明妍的年華，也不會。豈知一日為人師，竟然滿甕心香，久而不凋。

你們的課表，排得那樣滿，簡直找不出空隙，看著看著，忍不住著急。年輕應該不只有經濟、微積分、法律、會計、資料處理、英聽、中通，以及國文；一定還有其他的。

天晴的時候，我真想邀你們，沿著街旁布滿樹蔭的紅磚道，緩緩向前跑；或許趕赴淡水，送一送頹落的夕陽。天陰有雨的時候，不妨打開每一扇窗，散髮吟唱「竹杖芒鞋輕勝馬，誰怕？一蓑煙雨任平生。」胸中沛然湧起大無畏的氣概。然而這些，都辦不到。

國文課偏排在下午，天地都在瞌睡，唯獨我醒著，你們也醒著。一不留神，連板擦也沉沉睡去，從黑板溝中翻身跌落，嚇得魂飛魄散。終於，你們也在強撐一個半學期之前，逐漸心力交瘁。太多的演算與程式，沉重地壓上眼睫，我知道你們正努力掙扎，只想覷個老師寫黑板的空檔瞇瞇眼罷了，豈料，瞬間進入夢鄉。有一種疲倦，是那樣地深入骨髓，你臉上的表情，回復到童稚的天真，是不是看見了親愛的爹娘，美麗的家鄉？

也許下一分鐘或下一秒鐘，你會突然醒來，滿懷愧意地除去酣睡的痕跡；而在此時此刻，當你感受絕對的安全與平穩，就讓我徐舒柔和的聲調，如夢的翅膀，伴你飛翔。

接近期末，事情特別多，公布欄不時張貼鮮豔的海報，許多人名與事件，宛如天下第一般地告示。走來走去，覺得再偉大的名字，也與我無關，自從畢業，檻外人的蒼涼逐日加深。入夜以後，我被一張捐血榮譽榜的大海報所吸引，那裡密密麻麻有許多姓名，一個熟悉的名字使我停住腳步，站在擁擠的走道，抬頭尋找更多。這時候的校園，因為夜間部的學生，而顯得華麗；我仔細讀每一個與我相干的名字，想著每一張健康的面容，思念你們的樸素。

不可太縱容——有人恐怕我失去學生的尊敬，於是鄭重警告。但我相信你們，正如你們明瞭我的誠摯與善意。至於縱容嚒，相處以來，想同你們親近，便這樣做了，竟未經理智的約束；如果說，我曾縱容你們，那是因為，我先縱容了自己。

掬你為宴，掬我為饗。

其實，從開始便知道，這只是一場筵席。

起初，是沒有選擇的，我們同宴同饗；後來，慢慢有了變化。主人竭盡心力，鋪陳一個溫暖馨香的天地；賓客不遠千里而來，拭淨額角風霜，拂去衣袖塵土，攜手同遊、同憩、同醉。

我是主人，亦是賓客；你們是客，亦是主人。

並不是所有的聚會，都會賓主不分；這樣的宴饗，不受限於時間與空間，沒有固定形式。

也許，你將知道——或許已經知道，雖然，這只是一場筵席，卻是不散的那一場。

幸會再會

從初遇，到分別，共有十個月，

行至今日，突然驚覺，

竟是這般匆匆。

「幸會了。張老師！」最後，你說。

彼此都認為是幸會的時候；

竟也是說再會的時候。

L：

你走上講臺交作文，企圖將寫了字的那一面，摺疊起來。當時，有幾位同學正說服我參加晚上的慶生會，我差點就被打動了，可是還得趕去上夜間部的課，老師是沒有權利蹺課的，我說。一邊說著，順手接過你的作文，與其他的放在一起，和往常一樣，利用夜深人靜，慢慢批閱。

你的名字出現，劈頭便寫：

「老師，這是本學期最後一次作文了，竟然有種不捨的遺憾。從來都沒有一位老師的課讓我有這種特殊的感受！」

我給你們的作文題目是〈閒情〉；你寫來的竟是一封信。

「記得上學期蹺了您不少課，作文也老是遲交，上課偶爾打一下瞌睡，唉，現在只有感到慚愧。」

上學期，有段日子，你的座位恆常空著。起初以為你休學了，而後便隱隱擔憂，怕你超過曠課時數，被取消考試資格。能坐在這間教室裡的你們，才智應該相當，只是，對國文課的看法不同。你把它看作一件沒意義而必須去做的事罷了，我想。所以，只要做完便了，好或不好，無關緊要。可是，你若漫不經心，恐怕連最基本的水準都達不到，未免可惜。

於是有一天，我提起你的名字，說：「好久沒看見他了，幫我問聲好吧！」才說完，你推門進來，同學們轉述我的話。你愕然轉身，意外、羞赧，夾幾分不自然的端正，笑著說：「老師好！」

我可以嚴苛一些，真的可以；但我沒有，因為不忍。

因為早在你認識我之前，我便認識了你。敏感熱情的眼睛，倔強又愛笑的嘴角，就像〈黃道吉日〉中俠骨柔腸的小薛；就像〈甦醒〉裡既固執又心軟的李明，一模一樣呵。同樣的年輕；同樣的輕狂；同樣未經世故的純真。

而當學期結束時，我在成績簿上登記你的分數，果然敬陪末座。

有一些些傷心，在那時刻；但，絕不死心。

我一向不喜歡賭博，不喜歡把成敗交給運氣，讓看不見、捉不著的運氣，操縱興奮或者沮喪。但，這一回，我在你的名字上，押了注。勝算並不高，我很可以輸得一文不名，更徹底地傷心。

「我就是這樣的一個人，做錯了事，心有所愧，卻難以低頭，只想以行動來表達我內心的一些轉變和情緒。」

於是，這個學期，常常見到你，靠窗而坐，倚著午後陽光。

期中考卷完全改頭換面，我禁不住地微笑，看著你的成績奮力攀升。作文課上，我巡逡全班，不經意瞥見，角落裡，你正振筆疾書，把草稿上的文字繕抄在稿紙上，那一次的題目是〈遊記〉。我靜靜收回目光，走到窗邊，看著被風撩撥的薄雲；看著廣闊無際的藍天。你相信神嗎？聽說造物主一切都有安排，那麼，祂此刻的安排，最令人感激。

我們甚至未曾交換過隻字片語，就合力贏了這場賭博；它原也可能是一敗塗地的。但，你贏了；我贏了，我們確實贏了。多奇妙呵！

「不知善良的老師，您是否終於細膩的察覺到現在的我上課較認真了呢？」

站上講臺以後才發現，一位老師會察覺到的事，遠遠超過學生的想像。

上學期期末，同學們要求舉行一次《海水正藍》座談會，我正猶豫，你從議論紛紛中揚起那本書，說：「贊成！這是一本好書。」書皮的那抹淺藍，晃出一道光影。在你手上，與我的小說世界相逢，多少感覺意外，而你的神情則是不常見的正經。

又一次，在電梯裡，你開心地把我介紹給身旁的朋友：「我的老師，張曼娟小姐。」我看著你和你的朋友，多麼相似的一種心情。曾經，當一位知名作家的學生，每次上課，總覺得特別，有這樣一位老師；後來，成為人師，才體會到另一種心情，不管你們擁有怎樣的未來，都不妨礙我愛惜你們的現在。當然，還有美麗的憧憬：如果今日，你以遇我為喜；那麼他朝，讓我以遇你為榮。

「上您的課，使我對文學院的女孩——尤其是中文系的女孩，存了好多的幻想。」

讀到這兒，我輕輕嘆息。你所看到的我，只是現在，歷經離合悲歡，終於氣定意閑；看慣世態炎涼，反而懂得寬容。如果，你在許多年前，認識年歲與你相當的我，看法必然不同。

那時，迷糊與夢幻，在我身上混合成疑似浪漫的氣質，有些男孩走近來，會發現我的性格飄忽得厲害。實在難以把握，尤其對於戀愛這樣的事，態度特別冷淡，於是，只好離開。

我必須把年輕時的自己告訴你，這樣，你才不致懷著太多的幻想，尋找你的愛情。

至於那種可以喚作「神祕女郎」的女孩，像被紗霧圍繞，縹縹緲緲，忽遠忽近，恍若存在於夢的邊緣，何等輕靈優美。記得《詩經．蒹葭》篇嗎？「蒹葭蒼蒼，白露為霜。所謂伊人，在水一方。溯洄從之，道阻且長；溯游從之，宛在水中央。」曾經，我講解過；你背誦過，不會輕易忘記的。

這是一首多麼真實的詩，已經告訴了我們，淒絕美絕的愛情，在現世中斷難捕捉，大概只適合深藏在想像裡。偏偏，青春年少時，不肯相信；待得韶華已逝，卻又不得不信。

我便是這樣。你呢？有什麼樣的選擇？

從初遇，到分別，共有十個月，行至今日，突然驚覺，竟是這般匆匆。

「幸會了。張老師！」

最後，你說。

好像有一首歌：當你走來說「嗨」；我已準備離開說「拜拜」。現在，可不就是這樣。

彼此都認為是幸會的時候；竟也是說再會的時候。

讓我們用千年以來，中國人道別的方式分離，慎重地、依依地，說一聲珍重再見。

善自珍重，因為，每個時刻，每個地方，都可能要再相逢。

幸會！

再會。

黃河經過的時候

那夜，我赤著足來到黃河，
踩著軟軟的黃泥，波濤洶湧，
滾滾蔽天，隆隆聲響，震動心肺……
於是，我覺得，不能再等待了。

黃河，一直平穩地、緩慢地流動，在我的想像裡，一條溫柔的河。

那天，坐飛機從廣州到洛陽，我疲倦得闔眼，或入睡而不自覺。突然，被一種奇特的震動聲驚擾，轉側頭，睜開眼，毫無準備地，與盤踞大地上，沒有形狀的黃河相逢。

聲勢懾人的寬闊；比黃土更黃。

是它在喚我嗎？用那千萬年來獨一無二的頻率，進入深深的夢。

從機場乘坐麵包車到濟源去，司機說不超過兩個小時，可是，到了第三個小時，仍在上上下下的崗巒顛簸，所能見到的是黃土與樹林，臥在地上的毛驢，半頃的泥牆，蹲坐吸水菸袋的黑瘦老人……前幾天，我才坐著計程車，穿過擁擠繁華的臺北市，走進水晶燈高吊的明亮餐廳，在樂音與鮮花中微笑舉杯；原有的世界不知怎麼裂了縫，只一旋身便落入另一個世界。

到底哪個世界更真實些？

當我們始終找不到目的地，便興起一個古怪的念頭，也許，永遠找不到濟源了。

在山路上奔波許久許久之後，我們都累了，不得不停下來；不得不用土和磚壘棟遮雨避風的小屋；不得不在黃河流域生活。

不再寫作了，必須耕作。播種一個個故事，一個個幻想，長成一畦畦晶瑩的包心菜，緊緊密密地包藏。

唯一真實的，日升日落；春夏秋冬。

時間，在這裡一絲也不珍貴。

而我那些從來未曾離開黃河畔的親人，如女媧摶土為人的初胚，粗糙結實。黃昏，我們終於進入親人聚居的屯子，聽聞消息，親人們四面八方而來。假若他們貪婪一些；假若他們冷淡一些；假若他們勢利一些，我便可以同情而了解地告訴自己：他們窮得太久了……

偏我的表姐妹及表嫂們，怎麼也不肯收下母親餽贈，漲紅了臉，哽著聲音推拒：

「我們不要這個！只要小姨回來，我們只要小姨，不是要這些東西——」

在沒有人的地方，紛紛塞錢給我們，說是補貼點路費。我怔怔地看著一疊疊鈔票推來推去；看著成堆的土產不知如何攜帶；看著所有的事都在預料之外進行，漸漸察覺了自己的卑劣。

如果，在我的性格裡，一直有些無法剔透聰明的樸拙；有些癡愚；有些不忍；那一定是因為這些親人。因為我們體內有部分相同的血液，所以，即使遠離黃河，舉動中仍保存了黃土的氣息。

天黑以後，我看見那個十九歲的女孩，小表弟的未婚妻，有著圓月似的臉龐，溫順清亮的眼睛，靜靜地站在角落裡。他們叫她香蓮。

我在她掌心寫了「香蓮」兩個字，她點點頭，握起手掌，抿著嘴笑，輕悄地將烏黑的長辮子甩到身後。即將成為新娘；然後成為母親，這農村的女兒，會有安定的一生。她可以掌握的一切，恰是我的不能。

我順手拿起一雙褲襪送給她，苦苦地說服她收下。第二天，她在上工前到來，等在門口抱著一本大相簿，說話時，臉頰泛起桃花的光澤。

「送給妳的。」她說。見我搖頭，立即焦慮而苦惱，手指扣住相簿邊緣：「我沒有什麼好的東西，可以送妳作紀念。」

這是她最好的東西，我知道這一定是。

而我的一點溫情，怎堪這樣的全意全心？

表妹夫從濟源護送我們直到石家莊，為了盡忠職守，一路上他繃緊神經，無微不至；偶然酣睡，則香甜如孩童。不過二十方出頭，已準備為人父，當我在火車上替他覆蓋外套時，有一種說不清楚的憐惜。

我們在賓館住下，這大孩子對偌大的庭園、柔軟的席夢思床、現代化的衛浴設備、餐廳供應的餐飲，事事物物都充滿新奇。

「姐呀！妳看……姐呀！妳看……」他說的每句話，都以這樣興奮的口吻開始。

到了那個時候，他已經安頓好我們，必須告別的時候。我陪伴他，走過種植核桃樹的庭園。

「姐呀！妳看，那裡有個小核桃。」

我抬頭，沒有心情尋找核桃，只知道，最後這位親人，一步一步，正在離開。

他那雙特別堅硬的大皮鞋，敲打在地上，磨磨拖拖，顯得沉重。在大門口停住腳步，他紅著眼睛。

「姐呀！我走了。我走……妳別難過。」

那條飄拂柳絲的道路，在陽光下等待著，等他走過去。

「姐呀！妳要再回來，回來看我們。」

我點頭，努力地微笑，當他轉身之際，迅速抹去淚水。然後，我一直站立，看著他愈行愈遠；看著他抬起手的背影，與我作同樣的姿勢。

當他離去，我獨自走回核桃樹下，滿園蟬鳴把白日變得冗長。

我常常什麼事也不做，獃獃坐在石凳上聽蟬，聽著聽著，彷彿也走上那道楊柳路，彷彿又回到鄉間，站在那片剛收割過的乾旱田地上。親人們向我走來，老老少少，每個人都拿著東西要給我，他們的錢，他們的食物，他們最寶貴的東西。面對這些黧黑瘠瘦的親人，我突然失去語言能力，只能不斷搖頭，當我搖頭時，眼前所有景物都向後隱退；伸手去觸摸一個剃青頭皮的小小孩，那孩子和其他親人一樣，快捷地滑遠了。

所有的一切都盛載在箱子裡，箱蓋緩緩地、密密地合上，硬生生被截斷。我在極端的沮喪和痛楚中醒來，忍不住顫抖地哭泣。

從那以後，我再沒有夢見任何一個親人。

回到臺北，電視新聞中的黃河氾濫了，決堤的河水淹沒了河南省許多村莊。那夜，我赤著足來到黃河，踩著軟軟的黃泥，波濤洶湧，滾滾蔽天。河水似乎很近，又像很遠，隆隆聲響，震動心肺。我渴切地牽掛著表妹、表妹夫，和他們新生的孩子；我想起香蓮期待著的，吹奏嗩吶的那場婚禮……於是，我覺得，不能再等待了。

我的夢魂必得順著黃河往故鄉走，飛快飛快地奔回去，在天亮以前，定要確知，黃河經過的時候，是否掩蓋了洪亮的嬰啼；是否染污了新娘的嫁衣？

塵緣

倘若可以重新選擇，我的選擇依然是這波濤起伏的十丈紅塵，它緩緩包容我所有的喜怒哀樂；我也漸漸了解它的殘缺，不圓滿。曾在年少時急著逃離的，如今，是我最深的戀。

等待的心情

那次趕搭末班車回木柵，
冬夜的微雨街頭，只有我撐傘的母親，
店舖早關上了門，銀白色的路燈淒清地亮著。
我從來沒有那樣真切地感受到，
被人恆久等待，是最可貴的幸福。

等待是一種心情，有的時候美麗。

五月到大甲去，趕赴一場媽祖回宮的盛會，那是個陌生的鄉鎮，卻住著個親如手足的好友。我比媽祖早一天到大甲，站在空蕩的月臺上，有著不知去向的徬徨……突然，我聽見呼喚，遠處的欄柵外，有個跳動搖擺的身形，一束鮮亮的花，躍過欄柵，包裝的透明紙燦燦閃光，我又笑又叫拔足狂奔，等不及驗票過關，便緊緊擁抱，一下子把兩份等待抱個滿懷。

第二天，隨媽祖到大甲的人更多，月臺上密密麻麻，男女老幼淳樸虔誠的面孔，全籠在氤氳香煙裡，我們捧著昨天那束花，竭力在人群中搜尋一張熟悉的面孔，有太多不相干的人從我們眼前身邊走過，不知是時間的經過？或是心跳的劇烈？我竟然聽見沉重的撞擊聲，她究竟來了沒有？她趕上了這班車了沒有？她會不會睡著了不知到站下車？她會不會……終於，在那些糾雜的面孔中，我看見一張素白的容顏，一雙特別晶亮的眼眸。遞花給她的時候，止不住的輕顫，我不知道別人的等待是怎麼樣的，在我卻是心力交瘁，然而，今年五月，月臺上的等待，竟成最美好的回憶。

小時候，父母是絕對不放心我單獨出門的，漸漸長大，我便要求自己的朋友，自己的娛樂，自己單獨出門。起初，朋友們對我不管到哪裡都打電話回家的怪異行為，感到費解，我也覺得不耐，但，這畢竟成為生活中的習慣，沒有道理可講，近兩年來，因為上課或排戲，常耽擱到夜晚十點鐘以後才回家。父親或母親便站在靠近站牌的廊下，那些有風雨的寒冷夜晚，默默等待。大學即將畢業那年，我嘗試編導一齣舞臺劇，在學校的舞臺上，總是挺直背脊，冷靜調度，隱忍一切刁難挫折，堅強得令人佩服，可是，每夜搭車回家，車子顛簸著，離家愈近，愈覺得脆弱可憐，那次趕搭末班車回木柵，冬夜的微雨街頭，只有我撐傘的母親，店鋪早闔上了門，銀白色的路燈淒清地亮著。

我從來沒有那樣真切地感受到，被人恆久等待，是最可貴的幸福。

歲月沖淡一切，我已無法追想，當年，我第一次載欣載奔地單獨出門，父母的神情是怎樣地凝重？當他們在我身後掩門之時，只怕有份壯烈的心情吧。這手心中捧愛著的女兒，像隻脫籠的雀兒一般飛走了，而外面的天空，不見得時時風和日麗的呀！

弟弟便有一般男孩的豪氣和灑脫，他每回出門，是絕不耐煩打電話回家報平安的，那太婆婆媽媽了。

「反正我一定平安的！」他總是這樣說。

偶爾一次，我出門沒打電話回家，夜裡回來，家人都在廳中等待，首先發難，大發怨詞的，竟是弟弟，看他又氣又急，我不免來個機會教育：

「你現在終於知道，家裡等得多著急了吧？」

「我和妳不一樣啊！」弟弟凡事都要爭個理直氣壯：「我是男生！」

我不再說什麼，無論兒子、女兒，其實都是學飛的雀兒。他終有一天會明白。

與人約會，遲到或早到三、五分鐘，原是常事，卻和一個朋友，因為遲到一、兩分鐘而鬧得不愉快，我口乾舌燥地辯解自己遲到的原因，她只寒著臉不接受。

後來她告訴我，她與人約會是絕不遲到的。

「假如，妳把那個人和那件事放在心上，怎麼會趕不上呢？」

從那以後，與人約會，我便盡一切可能及時趕到，既然有緣為友，就一定是放在心上的。

在人多的地方等人，特別焦慮難捱，我不是個出色的女子，熙來攘往的人群，有意無意的注目，直令我手足無措，心慌意亂，那天下午，在電影街空等了半個小時，當我撥通電話找到對方時，整個人幾乎委頓，結果是時間弄錯了，在當時，我只想回家。

「妳等著，我馬上就來。」對方說。

「我不要等了，我不要等，我要回家！」

我只重複著不要等，不要等，而突然發現等待是可以摧心折肝的，對方軟語商量，要在我搭車回家經過的站牌下等我，我說我不會去，那人說一定等。

我掛上電話，走了幾步便心軟了，等待人是最磨人的一種心情呵，我知道的。

又一次在公館，服裝店前等兩個遲到的女孩，我站著，把自己想成一株樹，偶爾有風掠過裙角，我想，是樹葉在風中搖動哪！有一群女孩從我身邊走過，打了個照面，她們突然驚惶地尖聲大叫，像看見極可怕的東西。我也狠狠嚇了一跳，等待把我變得猙獰恐怖？還是蒼老醜陋？

「我以為她是個假人……」一個女孩小聲地說。

「我也是。」另兩個說著，帶笑偷偷看著我。

我輕輕移動身子，望向別的地方。

感謝天，只是這樣。

我所等待的女孩依然沒有來，我卻想到「望夫石」的傳說，而猛地相信，等待，可以讓人變為沒有感情，沒有思想，沒有溫度的石頭。

在大甲，我見到一座保存極完整的貞節牌坊，據說那名女子守了將近八十年的寡，壽終正寢。我不知道，這樣的長壽，對她而言，究竟是幸福？還是不幸？我不知道，她所等待的，難道就是這一座雕琢細緻的牌坊？再宏偉壯觀的牌坊，終究也是一塊石頭呵。不是嗎？

因此，讀到王寶釧苦守寒窰十八年，總是不忍。尤其她那衣錦榮歸的夫君，一段自以為風流的「戲妻」，試煉妻子的貞節，簡直令人切齒。少年時代，我覺得不公平，那樣可惡的男人，該讓他吃點苦頭。如今，卻逐漸能夠明白寶釧的心情，一海之隔，有多少寶釧，只要能盼回夫君，不管是一個十八年，或是兩個十八年……中國女子，原來是擅長等待的。

她們即使再平凡，在我眼中，都是值得立傳作狀的。

年齡愈大，讀書愈多，愈無法輕鬆自在的過日子。有時候，不免懷念年少時的無憂歲月。

十幾歲的時候，過著沒有升學壓力的五專生活，我迷上了黃梅調。《江山美人》、《梁山伯與祝英台》、《秦香蓮》、《紅樓夢》……這些唱詞和對白都在我的腦海中。所以，我從來不怕等車無聊。站在車牌下，悠閒地，在心中唱起山伯與英台的〈草橋結拜〉、〈十八相送〉。接著，又唱起《紅樓夢》中的〈讀西廂〉，寶玉是多麼熱切而艱辛地向黛玉訴說心中的情意呵。而大觀園一陣風起，落英繽紛，聲聲淒楚的葬花詞，背著花鋤花帚的黛玉，正轉過假山，款擺而來。我等的公車，也轉過街角，隆隆來到面前。

這種等待，不是美麗的嗎？

只是，等待並不都是這樣的。等待令人煩躁，令人擔憂，更有許多「等不及」了的遺憾。

我一直避免讓人等待，卻免不了等待別人。

既然，我們一定要等待，那麼，是不是可以，盡量地，讓等待成為一種，一種美麗的心情。

緣慳

在某個約定的時候，
匆匆穿越人群，咆哮的車陣，
高架的天橋，故障的紅綠燈，
滿懷喜悅與些微焦急。
甚至有飛過雲端或渡過海洋的……
於是，當我們終於出現，
在彼此帶笑的眼眸，怎能不感激？

慳（音鉛）這個字，在字典上的解釋是「度量狹小」的意思。而緣慳呢？什麼是緣慳呢？

少女時期，愛上一齣連續卡通影片，叫《小甜甜》。敘述一個喚甜甜的女孩，在孤兒院長大。有個任性孤傲的男孩，與她相知相憐。他們受到層層阻撓，總是你東我西。每次，男孩終於找到她，而她卻因為各種緣故，先一步離開了。在風中、雨中、飛雪的馬車中，男孩瘋狂地追尋，並且呼喊：

「等我啊！甜甜！一定要等我——」

我坐在電視機前，感覺一份深刻的悲哀，逐漸腐蝕心臟最柔軟的部分，化為暖暖淚水。但，那時年輕，只把它當故事，只讓它淺淺劃過易感的、光滑的歲月。

也許是不相信，不願意相信。生命啊，愛情啊，不應該有這麼多磨難，這麼多不湊巧吧？

直到有一回，和父母弟弟約在中正紀念堂門口見面。四個人分別站在四個出入口，互相尋找了近一個小時，他們都沒能找到我，而我也在急急地找他們。最後，回到家才發現，他們總是到我剛離開的地方找我，而當我決定要回頭找他們的時候，他們也商量決定，回頭找我……於是，我們始終沒能相遇。這樣的情況，相當令我驚愕。到底是什麼力量，在冥冥之中操縱這一切呢？

曾經，和一個女孩相約看電影。第一次，因為臨時相約，再加上塞車，電影開場半小時之後，她才挾風帶雨的趕來。我等了四十分鐘，電影沒看成。第二次，據她說是要有個自新的機會，上午就約好了下午五點的電影。結果呢，當然是我又從四點五十等到五點四十。這時候，除了脊背痠痛以外，其他的情緒：忿怒啦！焦慮啦！擔憂啦……種種，都被一種荒謬的感覺所取代。於是，我離開戲院回家。女孩自然會有令人不得不原諒的說辭，但，這一切已經不重要了。重要的只是，只是，怎麼會這樣呢？

很久以前，有個名叫尾生的男子，與情人約在橋下見面（為什麼在橋下呢？想是一段隱密的愛情）。情人一直沒有來，他一直不肯離去。然後水漲起來，捲走尾生。書上是這樣寫，簡簡單單，不肯耗費一點筆墨。可是，卻應該有人知道，當他藏身在陰濕的橋下，眼眸緊盯著前方灑滿陽光的小徑。隨著被風搖擺的綠色植物，他的目光瞬動。盼望情人從任何一片樹叢後，款款走來。她的粉頸低垂，環珮啷噹而舉動生香。他一直等，等得漲起的河水浸了腳，他的瞳內燃著焦急。她，為什麼還不來呢？河水已淹過腿部，這樣迅速地爬上腰。河水混濁著，怒吼著，而她，她答應過，她一定會來的。就在下一刻，下一次眨眼，下一次呼吸……她可能來了，可能正呼叫他的名字。但，他聽不見，耳邊只有轟轟的狂流。他很虛弱，河水已漫過胸，而他不會游泳。恐懼啦，悲傷啦，都不存在了。所有的大概也只是一種困惑：怎麼會這樣呢？

這大概就是緣慳吧！

看連續劇的時候，每逢男女主角又彼此錯過，激動的觀眾免不了眾口交罵一番。

「哪有那麼巧的事？」紛紛嗤之以鼻。

這是巧嗎？或是不巧呢？套句家鄉話，這叫「牛拉驢不拉」。牛和驢能一塊兒出力，固然是可喜可賀。倘若，牛和驢都拚了命在拉，偏偏拉的是反方向呢？算了，還是讓男女主角彼此思念；互相找尋吧！雖說是緣慳，也自有某種程度的美感。

學校畢業以後，淑瑩到大甲一所工商任教，一待已將近三年。寫信來時時訴說眺望海上落日，細數夜空星辰的心情。我懷著無限憧憬上山看她，也看落日看星星。而後，當她入睡，我在枕上，聽見遠處鐵軌，有火車經過的聲音。在深沉的夜晚，格外清晰，漸漸遠去。這一列火車，火車中的人，趕著回家？或趕著離家？那一整夜，恍惚之中，總聽見火車，自我枕旁來了又去，去了又來。這是多麼遙遠的、美好的聲音。而淑瑩，一個心思靈敏的女孩，怎麼從沒提起呢？大概是「當時只道是尋常」吧？至於你，至於我，我們是否也不曾在意眼前的、身邊的，反正總在那兒的。不是嗎？不是。不一定是。有很多人與事，我們早習以為常。只當是習慣。卻在某一次改變中，消失了，完全不同了。到時候，再愧悔往昔的輕忽，已是枉然。

緣慳，不是無緣，只是緣少、緣淺。有時候，甚至，還會悄悄增加情感的深度。生命中若有什麼遺憾，絕不只為了挫傷。而是要教人懂得珍惜，懂得感激。

是的，要懂得珍惜與感激。在人海茫茫的世間，獨能與某人相知契合。在某個約定的時候，匆匆穿越人群，咆哮的車陣，高架的天橋，故障的紅綠燈，滿懷喜悅與些微焦急。甚至有飛過雲端或渡過海洋的……任何一個小環節失常，都能使一切成空。於是，當我們終於出現，在彼此帶笑的眼眸，怎能不感激？無論是同舟共車的一時一刻；或是同床共枕的一生一世，都是應該珍惜的。不是嗎？

一樣的容顏

不再經過第一劇場，有一段時日了。

然而，當車子駛過高聳的光亮建築物，

陽光從路樹的縫隙中流瀉下來，

我常禁不住想起拖著長髮的老婦、

想起胸上傷痕縱橫的男人……

他們的容顏幾乎是一樣的，常常，我無法細細地分辨。白皙富泰的圓臉，像細白麵粉揉成的，看不出年齡。永不被憂愁侵蝕的眉眼，未經滄桑的天真紅唇……五歲的心智、三歲、二歲……甚或更小。大多數的時候，他們的心靈世界是別人進不去的。不受打擾的快樂，有時令人由衷羨慕。

巷子口開設了一家小型超級市場，約莫四十幾歲的老闆娘是位平實親切的婦人。然而，吸引我走一段路，在酷熱的午後，或飄雨的夜晚，去買一些並非必需的東西，並不因為老闆娘，而是因為她那沒表情時也像帶著笑的小兒子。他常常揚著嘴角，以一種優越的神情，移動肥胖的身體，在店內踱來踱去。他的愉悅，彷彿向人宣告，上天賜給他的眷顧特別多。

第一次，我彎身揀選雞蛋，抬頭之時，正對著那張粉白面容。一般人，絕不會在這樣近的距離內注視人，他那略嫌扁平的鼻子，幾乎要觸到我的鼻尖。稍微遠離一些，好讓自己呼吸新鮮空氣。然後，我發現，這孩子能夠這樣打量陌生人，原是毫無戒備的舉動。他根本沒有防人之心，不正是人類最原始的率直與真純嗎？不正是隨著成長日漸蝕銷的最初情感？

喧騰的人聲中，老闆娘忙著招呼別的顧客；而在角落裡，我搧搧睫毛，對孩子微笑。不管他只有五歲、三歲……或更小，當他也笑起來的時候，我知道，他能夠了解我的心意。可是，他的笑聲不同，笑著跑開的時候，吸引了店中所有人的注意，使他的母親窘困不安。大家都看著他，蹦蹦跳跳，又笑又叫。只有捧著一袋光滑潔白雞蛋的我，能夠知道他的歡喜，以及，歡喜的緣故。

孩子喜歡在巷道中玩耍，即使沒有玩伴，也能怡然自得。每當他渾然忘我的時刻，其他的男孩女孩，都繃起嚴肅的臉蛋，靜靜的旁觀。其他的父母，臉上流露難以捉摸的笑意，期望能看見更多的把戲。只有那坐在櫃臺後的母親，時時盯著兒子，焦慮而憂心。於是，我更不能自已的，走相當一段路，到那店裡買東西。

買完東西，總是順口向孩子說「再見」。

「再見哦！再見……再見哦！」孩子殷切地站在門口，告別。走得很遠了，回頭，猶可看見陽光下的孩子，不能伶俐的揮手，只是站著，專心的看著。在這樣忙碌紛亂的世界上，不可能再有十八相送的依依；梁祝只得變成絕響。而我回首，在孩子的佇立中，找到恍惚的感動。

趕著到外雙溪上第一堂課，必須搭乘六點半的公車。冬天，特別陰冷的時候，天還是黑的，在站牌下等車，站在身旁的陌生人，竟也不那樣陌生了。那群孩子，常和我搭同一班車，就因為這樣，見面總是互相多看兩眼，不微笑，也不打招呼。他們有他們的交談方式，將旁人隔絕在外。坐在車上，我們都有一段長路要走，他們的「交談」，突然高昂的尖銳笑聲，頻率奇特的喊聲，時常引起其他乘客側目。有人帶著好奇的笑容，指指點點，更有些衣冠楚楚的人，皺起眉，滿臉不耐，一再投出憎惡的眼光。我坐著，焦躁不安的情緒高漲，直到孩子們愉快地在啟聰學校下了車。好幾個月，被一種找不到人理論的沮喪侵襲。

這種沮喪彷彿沒有免疫，一日深過一日。找不到人理論，好像，好像也沒有道理可論。只知道，這樣是不公平的，這樣的對待，比不幸的本身更為殘忍。但，這該怎麼說呢？對誰說？

從木柵到外雙溪，每次，我得花費四個小時來回通學。剛開始，這段漫長的路程，耗盡我的精力。日復一日，明瞭這是必須的經歷，也就能夠甘之如飴。到學校去，通常取道兩條路，一是經過大直與士林，平坦寬闊的馬路，優美的路樹，與燦燦亮亮的陽光。一是穿過曾經繁華而今凋敗的延平北路、第一劇場。狹窄的街道、陰暗潮濕的騎樓、服裝不整而在路上閒閒穿梭的老人，把洗碗水潑向馬路的攤販，竟也是另一種情貌的人生。

剛開始，喜歡大直、士林一帶的風光，圓山大飯店的琉璃瓦，在藍色的晴空之下發亮，總是欣欣然地鼓動心中的情緒。後來，不知不覺地被那片繁華的遺跡所迷惑，因其中有許多我所不能了解的人與事。在那些低矮屋簷，傾斜的樓房中，曾發生過多少故事，而一一在歲月中篩過，沉澱，或者消失。

老婦常在早晨搭一段車，她穿一襲布衫，蹣跚登車。教人驚詫的，是拖在身後的，一大束僵硬長髮。那樣厚實、沉重，沒有一點光澤，紮成一節一節，呆板地停在背上。這長髮曾經烏亮如絲緞、浪漫如雲，曾纏繞在情人指間，溫柔的捲曲著。如今，髮絲已僵死而熱情已冷卻，老婦仍固執地珍寶著，她所亟欲保有的，除了髮束，可能還有誓言。當其他乘客奇異的打量她，我卻幾乎可以看見，沉浸在往昔回憶裡，信守某種約定，而使她的容顏光采煥發。

在初冬，天氣開始有明顯的變化，我第一次在車上遇見那個男子。當時，我在襯衫外加一件毛背心或是薄外套，而他上車，剃著短髮，赤裸上身。隨著車子的起動，三搖兩擺，在我身旁空位上坐下。我下意識地低頭，向窗邊挪了挪，便看見那雙赤著的大腳，像糾盤的榕樹老根，布滿塵土與傷痕。忍不住迅速打量他，那人怒睜雙眼，緊盯著前方；隻手握拳，筋脈賁張，彷彿隨時準備有所行動，逼得我放棄了瀏覽窗外景色，不得不正襟危坐。同時，悄悄地左顧右盼，打算換個座位。心中剛有了這樣的念頭，突然聽見芳鄰大喝一聲，掄起兩隻結實的拳頭，猛力捶打。我坐著，因為恐懼，喪失了躲避與呼叫的能力，只能虛脫地坐著，看他暴戾地、瘋狂地擂打赤裸的胸膛。感覺裡，座位搖動起來，車廂搖動起來，而我，暈眩的往下沉陷，陷進他無可名狀的憤怒中。

是憤怒？或是愧悔呢？我不知道。不管是為了什麼，都令人悲傷。那種捶打肉體所發出的聲音，凌虐著所有的乘客，從他們的表情可以看得出來。那次以後，我總找單獨的座位。為的是無法承受他的情緒，以及他所選擇的發洩方式。

這條路線，多是老幼婦孺搭乘，司機等人，成了理所當然。唯獨那人，即使在隆冬也只穿件破汗衫的人，是不被等待的。我常看著窗外的他，追著跑著，終於被已經起動的車扔下，遠遠站在清晨街旁，垂下雙臂。追趕的急切，獨佇的落寞，都教我難過。在人生道途上，他沒趕上的，怕不只是這輛車吧？

直到現在，不搭那車子，仍偶爾念起拖著長髮的老婦與不斷戕害自己的男人。老婦必然還珍寶著已呈灰暗的長髮，四十年前或更早，一個有著薄霧的早晨，因為戰爭或其他理由，良人必須離去。送行的婦人尚年輕，容顏宛如春花。銀簪將抹過香油的髮襯得更黑更亮，良人掏出潔白的手絹拭她豐頰上的淚珠：「不要哭。」太陽愈升愈高：「留著妳的長髮，等我。我一定回來！」她相信了。一直到現在，只要留著髮，良人便會回來。儘管，青春消殆了，美麗磨盡了，還有一個無可取代的允諾。良人，會回來。

至於那怒容如同羅漢的男人呢？不知道啊。我禁止自己去揣想與他有關的一切，過往的，就讓它滅吧！對於那些人與事，我清楚的知道，自己是無能為力的。

只能夠，也只能夠走一段路，到超級商店買些東西。去看看那個孩子，和他的母親。

不再經過第一劇場，有一段時日了。然而，早晨搭車的時候，當車子駛過高聳的光亮建築物，陽光從路樹的縫隙中流瀉下來，充滿無限希望與美好的時候，我常禁不住想起拖著長髮的老婦、想起胸上傷痕縱橫的男人……使我飛揚的年少，比較不跋扈。

那一樣的容顏啊，不一樣的命運。

自強、復興、莒光，
說的流利，聽的人也不在意。
隨著鐵道的延伸前騁，
誰會想到當初的命名，
有著怎樣艱辛的責任感與期許。

命名

過了元宵，春天仍渺不可及。臺北市終日籠罩在一團濕冷之中。到臺中去，多少存著暫離陰寒的心理，而這次的旅程，我選擇了火車。

很難說是為什麼，但，就是喜歡火車搖晃行走的感覺。最初的好印象，應該是童年時火車上的便當；便當裡的排骨；排骨中的旅行意味。意味著，可以縱容的歡樂。

然而，這一回趕火車，卻被阻塞在臺北街道上達半小時之久。車內的人擁擠著，肩背與手臂緊抵，漫天冷雨不盡的灑落。嘆息與不耐聲此起彼落，觸目所及，都是僵硬的面頰，緊鎖的眉頭。好容易捱到座位，我把自己站立過久而感覺龐大的身軀，擺進座中。攤開火車時刻表，開始追踪那些已錯過與未進站的班次。復興號已被錯過；莒光號又嫌太遲，恰巧有一列自強號，我可以從容的趕上它。於是，購票之後，打電話給家中總是擔心的母親。復興、莒光、自強，交替在口中覆誦……而後，猛然心動！復興，是復國中興嗎？莒光，是毋忘在莒嗎？自強，是莊敬自強嗎？是嗎？是嗎？

我怔了好一會，本來，只是要搭火車，卻驀地陷入一股悲喜交集的情緒。自強、復興、莒光，說的流利，聽的人也不在意。隨著鐵道的延伸前騁，誰會想到當初的命名，有著怎樣艱辛的責任感與期許。就如莒光，以莒城光復失土的典故，已是幾乎湮沒的傳說了。而在兩千多年前的那一夜，血肉相搏，鬼哭神號，是驚天動地，改變歷史的戰役。火車上各懷心事；各具情緒，或閉目養神，或談笑風生的旅客，怎麼也無法與慘烈的戰爭連成一脈。但，它們確實是這樣命名的呵！紛紛擾擾的車廂中，一股悽楚的憂國之思，使我感覺寂寞了。

從來，地理就唸不好，尤其鐵軌的起訖，物產的產量，更是束手無策，氣餒無比。可是，對於父母的家鄉，總是清楚的記得。每回發下新課本，一定要用紅筆，在秋海棠的地圖上，把那個地名畫在圓圈中，又深又重，讓人一眼就可以看得見，才肯罷休。原來，幼小時候，便把自己圈進鄉愁，隨著歲月俱增，密密加圈……不饒不歇地。

大一點的時候，和父母上街，在轉角處，看見街牌，指示著「武昌街」，我看著發楞，是那個武昌嗎？響起第一聲槍！是那個武昌嗎？累積十次失敗而成功的起義！是那個武昌嗎？結束噩夢般的專制統治！是嗎？是嗎？

是的。母親說，是的。大概為了治療那些患了鄉愁這種絕症的人吧！

杭州、南京、天津、濟南，都是盛極一時的大都會。重慶，經歷過民族存亡的大鍛鍊。麗水、峨嵋，像詩一樣的美不沾塵。撫遠、蘭州、敦煌，愈行愈到邊疆，好一片風吹草低見牛羊的平原，曉風、殘月。終於發現，原來是這樣的呵，是這樣的。再走過那些地方，便與先前懵然的情緒完全不同了。像是從長長的冬季中醒來，心靈中注入一些新的感受。那些命名，可能是含著眼淚的。

總有一天，我要把這些街道都走一遍，也算償了宿願。

為新生兒命名，原是父母賜予子女的第一個禮物。而這項饋贈，將伴隨終生，成為子女榮耀父母的一種標記。在報上看見有人更改不雅的姓名，常為當年命名的父母一時大意而覺啼笑皆非。地球另一端，母親的好友一家人移居美國，為的是罹患血友症的小兒子。那孩子必須不斷的輸血，不停地嘗試新藥，他的生命，在異邦岌岌可危的維持著，已近十年，從來往的書信中，我們知道他不能獨自站立，他的關節因時時出血而遭破壞，他隨時會在深夜裡因急診送醫。他的母親，曾是個喜歡憧憬、織夢的細緻女子。而在一次又一次的瀕臨崩潰以後，完全蛻變。為了托抱兒子，手臂顯得粗壯；為了承擔悲哀，心臟逐漸堅強。近來，母親收到信，為了患病十年的兒子，夫妻二人聽從風水先生的指示，換了名字。特地將名字告訴我後，說是時時呼喚，能夠幫助他們改運。他們的名字已經被喚了四、五十年了。是什麼力量使他們背叛信仰半生的宗教，任由一位不相干的陌生人改換名字呢？那種永不放棄的力量，足以與天地抗衡，使他們傾付所有，以一種令人悸怖的決心，保護唯一的愛子。假如沒有事故，又何能測出情感的深度呵！

登上自強號火車，車身滑動，逐漸遠離月臺。期盼著當我回來，臺北能從綿長的冷雨中醒來，一霎眼便是春天。而春的命名者應該得到喝采，那是個蘊含無限生機的字。當你輕誦，便能感到一些蠢蠢欲動的芳香，正從腳下的泥土中透出來。

美麗的忌諱

長大了，忌諱愈多，
不要送傘；不要送手帕；不要分梨吃……
突然間，在十年以後的這一刻，
我才了解，
當年，父親親手鋸掉桑樹的心情。

小時候，家裡有一方小庭院。父親栽種了葡萄、桂花、石榴、龍柏，和一些其他的花草。

葡萄成熟時，左鄰右舍都能感染到豐收的喜悅。葡萄或許不夠甜、不夠大，卻是在我們殷殷期待的眸光中長成的；有時，甚且剛搏抗過一次強勁的颱風浩劫。

桂花總是開得特別好，把秋天妝點得香郁郁地。母親仔細的收集那些細小的花朵，用糖漬在玻璃瓶裡，烘焙甜點，增加了一味配料。吃花呢！童稚的心靈，無端地升起神妙的情緒。

石榴更是最深切的盼望，每當開花結果，孩子們齊聚樹旁，讚歎不已。想來，「拜倒石榴裙下」的癡狂，莫過於此了。好容易等到紅透的石榴果齜牙咧嘴，迸裂開來，每每引發一陣歡呼。石榴其實並不好吃，酸澀勝於微甜。然而，常見滿樹石榴花，只結成一粒石榴果。這段成長，不容易。

龍柏本來只是一株幼樹。那年，母親請了隔鄰對門的父母和孩子齊聚一堂，將栽在盆中的小樹布置成美麗的耶誕樹。幼小的我們在樹旁唱著、跳著，又吃又喝，還不忘忙著拆自己的禮物，看別人得到的東西。這不是銀色耶誕；卻是色彩繽紛的。後來，小樹移植到院中，總覺得它像一則童話，鬱鬱森森地壯碩起來。

然後，舅舅從臺中帶來一截幼弱的桑枝，插在庭院的牆角上，孩子們奔相走告，說是蠶寶寶吃的桑葉呢！雖然只有兩三片葉子，不免令人失望，但，我仍儘快地向同學領養了幾隻蠶寶寶，小學裡正流行飼養這種寵物。蠶食桑葉的速度是很快的，不到兩天，我便面臨了失去蠶寶寶，或失去桑樹的抉擇。桑樹既然是眾望所歸，當然繼續在庭中迎風招展了。

桑葉長得和牆頭一般高，便產生了變化，枝葉間長出一些淺青蘋色、毛絨絨的、似花非花的東西。快要結桑葚了！要不了兩天，全村的孩子都得到這個訊息。

桑葉長得濃密，桑葚結得碩大。城裡的孩子難得看到結實纍纍的桑樹，不僅結伴來觀賞，還要動手採摘。這是給蠶吃的；這是給人吃的。一時之間，人多手雜，折莖斷枝，撼幹搖根，全然不見「爰求柔桑，春日遲遲」的古詩情味。年僅三、四歲的桑樹傷痕累累，垂頭喪氣。於是，我們知道，它是不適合這種熱情洋溢的觀賞方式的。於是，我在閒暇時，負擔起看守者的責任。

偶爾，高大的桑樹無風而動。若是動得輕微，當它有風吹過也就罷了。動得太厲害時，我便打開紗門，發出聲音。同時，有重物落地，一陣腳步聲快速遠逸。

直到從我家截去的桑枝紛紛在別的庭院中長大，這種騷擾的情況才改善。桑樹長得更好，與我們的感情更深。

在國三那年，家中的一切陷入低潮。常年以育嬰為副業的母親身體虛弱，一出門就頭暈。父親不知怎地扭傷肩臂，行動不便。弟弟在學校和同學遊戲，被人弄折了手臂。成績一向不理想的我，則在聯考報名前夕，作了個重要決定：讓學生生涯就此結束。父母買了新房子，臨要付款，卻賣不掉舊房子。從不求人的父母，陷入孤立無援狀態，夜夜失眠，心力交瘁。

「前不栽桑，後不種柳。」父母親在家鄉聽過這樣的俗諺。人在自己的力量無法憑恃時，特別敬畏天命。

只為改運，竟然要鋸掉我們的桑樹！多荒謬呵！

因為父親心情焦慮煩悶，我們不敢和他爭辯。只是覺得不甘。這樹是他親手栽種、施肥、澆水、修剪，多少次風雨中將它綑牢，恐怕傷它一枝一葉。而父親，怎麼能夠？怎麼捨得？看著他的桑樹一寸一寸地傾斜，終於轟然一聲，頹倒在他腳畔。

我們遠遠地看著，不去幫忙，也算是一種抗議。

父親馱起它粗壯的枝幹出門去，枝葉拖在地上，發出沙沙的聲響。鄰舍的大人孩子一旁圍觀，一面紛紛地議論。我緩緩跟在後面，看見樹上殘餘的桑葚，因拖拉而碾破，在地上留下一道紫紅色的長長漬痕。我站住，悄悄地擦乾眼淚。

我們究竟度過那個困境，一段不堪回首的記憶，如今時時提起，唯獨略過砍桑那一段。新房子是公寓，陽臺上和樓頂也栽種一些草花。但，石榴與桂花恐其不勝遷移，沒有帶過來；基於環境的限制，也不可能種植葡萄與柏樹。童年歲月已走得很遠很遠了。

桑樹，更沒有人願意提起。

我幾乎忘了國三那年的重大決定，五專畢業後，插班大學，接著，攻讀研究所。

各類古籍不斷探索，同時，年輕女孩子特有的，對美的追求與感應，也不曾間斷。一些精巧別致的小飾物，「充耳琇瑩，會弁如星。」兩千年前的古人，就這樣注重修飾；為什麼唸古書的女子，不能「巧笑倩兮，美目盼兮。」呢？

去年，同窗的女孩，買了一條色彩鮮豔，款式別致的腰帶。纖腰一繫，行動搖曳，真是嫵媚動人。然而，在讚美聲中，女孩突然驚惶地解下腰帶，從此不再繫用。原來，在那些繽紛的絲帶中，竟有兩根細麻繩穿梭其中，本意大概是要增加幾許質樸感吧。我們再沒見過那條腰帶，她的心情，我們卻明瞭。

古時候的中國人，唯有在跪地泣血，心肝俱摧的那段時刻，才將麻穿戴在身上。

時代確實改變了，卻有些事，是我們知道的、記得的，並固執地忌諱著。這兩年的夏天，用細麻繩編織的寬腰帶，成為最出色搶眼的飾物。卻總令我觸目心驚，不合時宜地心焦。

「真是荒謬！」有人不以為然。唸書唸到後來，都不要過日子了。只有小時候才百無禁忌，長大了，忌諱愈多。不要送傘；不要送手帕；不要分梨吃……其實，與唸不唸書無關的！突然間，在十年以後的這一刻，我才了解，當年，父親親手鋸掉桑樹的心情。

多年後的今天，我仍記得孤獨地馱著桑樹、蹣跚的背影，我仍想掉淚。為的卻是父親莫可奈何，不為兒女了解的心情。也許，應該找個機會，向父親說出感謝。倒不是為了桑樹，而是他二十幾年來，奮力與外界抗爭，將我們保護得周全。

十年，其實不長，卻也不短。我終於在自己的忌諱中，了解了父親的忌諱。凡有忌諱，心中必蓄著愛惜與深情。對自己所擁有的一切，依依戀戀，恐怕失去。而在其中，我們或許不知覺地習得謙卑、溫柔與敦厚。它有時完全不合邏輯，卻深具保護作用，在我們最脆弱的時候。

誰能說，忌諱的心情，不是美麗的？

那段歲月

不經意地揮別，便成永遠的分離。
父母與子女只有在漫漫長夜裡含淚呼喚；
只有憑藉日漸剝蝕的記憶到夢中找尋……

前幾年，河南老家傳來消息，說是年逾八十的外婆依然健在，盼望著能夠出來看看暌違三十多年的兒子、媳婦和么女，就是我的舅舅、舅母和母親。

這個消息撩撥了遊子好容易才平靜下來的情緒，大人們興奮的計畫著，我一直在想，見到外婆，從未謀面的第一句話，該說什麼呢？

然而，外婆的年紀太大；受過的勞苦太多，終於一病不起。最後的心願，竟如紙灰飛揚。渺渺茫茫，再奮力也越不過浩瀚的海洋，我們在廟裡為老人家作功德，母親燒了一座紙轎。有了轎子，魂魄可行萬里，何處不可以去？

往年，清明中元，我們有意忽視它，在四鄰焚起的香煙裊裊中，以為無人可祭，是一種福氣，卻不能了解，父母親「卻祭疑君在，天涯哭此時。」的悲哀。

而那年，我們慎重地在手臂上掛起一隻黑蝴蝶，當別人投來謹慎、探詢的目光時，我便低首斂眉，輕聲地說：

「是我外婆。」

風中的黑蝶一展一展地，像要騰空飛去。

祖父、祖母、外公、外婆都去世了，而我們只趕上為外婆戴孝，因為祖父母和外公的過世，距離噩耗傳來的時間太久遠，除了超渡，我們不知道還應當怎麼做，才是適宜的。

我怕人問起外婆的事，只知道，她最後的一個生日，過得慎重，在地面上挺有辦法的一位表哥，送了一顆「上好」大白菜作為壽禮，儘管我們不能體會一顆白菜能夠「上好」到什麼程度？但，想來這已是一份相當值得驕人的厚禮了。只知道，她病重了，仍一心要出來探望一兒一女，每有人車之聲經過，必要掙扎病體出門探個究竟……對於我親親的外婆，知道的就是這些了。

從遙遠的故鄉輾轉寄來一張外婆的相片，老人家慎重地坐著，身上的衣裳硬挺有摺痕，想是藏在箱中的寶貝。以前聽母親說過，抗戰時候在淪陷區，女人總是擅長藏東西的，想來外婆依然有這個本領，不管世局怎樣不好，經過多少苦難滄桑，她一定可以隱藏一些她最珍愛的東西，或是回憶，任什麼力量也橫奪不去。

只是，在那個方方正正的黑白格子中，我睜圓眼眸與她對望，突地覺得枉然，她哪裡知道我這樣切切地凝視？當她在那一方陽光地裡，盯著冷冰冰的照相機，心中想著又是什麼呢？我看著，突然興起一個很奇怪的念頭，這位滿面皺紋的老太太，已經看不出與母親相似的痕跡，這只是一張典型的，被光陰刻鏤過的，中國老婦的面容，那麼，我怎麼知道，她真的是我的外婆呢？

外婆給我的只是一個稱呼，與一些過往的事蹟；而祖父祖母，就只有一個稱呼了，父親離鄉太早，已記不清老人家的容顏；唐山大地震，又奪走大部分親人的性命，湮沒了所有記憶，連一張泛黃而可供辨認的相片都沒有……是至親呵！原應該有什麼可以攀援的，卻讓什麼把一切都截斷了？

總可以尋找一些線索，歲月不會把一切全部帶走，定會留下一些什麼，讓有心人仔仔細細往回溯。母親說，外婆年輕的時候，是個高雅、有自信的婦人，帶領一家老小躲過日本，逃過八路。而這位老婦人，端整儀容，靜肅地坐著，為遠在千里關山之外的兒女，攝一張相片。她的背脊挺直，眼光毅然，嘴唇緊閉，過去的辛酸不要再提了！也不能提。而她這樣穩穩地坐著，就是用自己作為一種宣告。一種與歲月的、與命運的堅持。最後，我不得不承認，這是一張美麗的相片，外婆，是一位美麗的母親。

於是，我便說服自己去相信，那位端端正正的老婦人，是我母親的老娘！

當我還是個孩子的時候，母親提起在夢中見到外公，語中滿是惶恐不安。我年幼不懂她的心情，猶聲聲追問外公的模樣。母親形容外公長了白鬍鬚，「完全是個老人的樣子」。母親離鄉時，外公才四十幾歲，未蓄鬍鬚。母親在夢中，為外公加上年齡，可憐魂夢交會之際，歲月竟也不肯放過。後來才知道，外公早就去世了，沒有蓄成長鬚，母親只是憑著其他老人的模樣，去揣想她的父親。

從家鄉到漢口，母親隨著兄嫂離開家。剛開始，以為不過一年半載就要回家的。長年在外經商的外公，倒和他們在漢口碰了面。據母親說，外公是個拘謹的人，孩子們都怕他。

年少的母親跟隨我的舅舅、舅母，在一個有著薄霧的清晨，坐船渡過長江，到武昌去。他們事先向外公辭過行的，外公不曾說什麼，卻在當天清晨，獨自到碼頭送行。碼頭上人影竄動，舉步艱難，有人哭泣著；扯著嘶啞的喉嚨互道珍重，那些嘈雜的聲浪，令人窒息。我那不愛說話的外公，汗濕長衫，翹首送走一艘艘大小船隻。望疼了眼，也沒瞧見他的子媳，和鍾愛的小女兒，不經意地，就錯過了，當時也不知道，這次錯過的，竟是一生。

後來，外公倒在那個碼頭上送走舅舅的同學母子二人，算是一種補償吧？知道他們將在另一個地方碰面，也就帶著一股送親的心情。很困難地，我那不知如何表達內心情意的外公，只留下一句話：

「請你們多照顧，我那小女兒。最不放心，就是她。」

母親他們又到了衡陽，見到金黃色又香又甜的大橘子開心地剝著、吃著，只覺得離鄉真好，什麼都是新鮮有趣的。然後，外公的信到了。輕描淡寫提起碼頭上的一場空，用的只是平常語氣。當然，更留下太多的話，想等到以後再說。母親他們想到外公的倉惶與失望，便忍不住哭了。這是外公最後的一封信，有太多來不及說的話語，再也沒有機會說。

如今，舅舅家的白牆上，懸著外公外婆的相片。外公的相片是當年從家裡帶出來的，中年人特有的溫煦祥和。外婆的相片則是後來寄出來的，八十歲的雞皮鶴髮。兩張相片並排在一起，生生地定在時空中，無法增加或減少的年齡，使他們看來像是夫妻以外的任何關係。然而，他們畢竟就是夫妻。一對大時代裡的平凡夫妻；那種歷經患難卻無法到頭的夫妻。

我常楞楞地想，當年，他們憂子憂女又憂媳，如今，一切都成過去。望著站了滿地的子孫，我那不善言辭的外公，將對這位白髮皤皤的妻子說什麼呢？假若他們交談的話。外公所記得的，也許，永遠是綺窗前畫眉梳妝的婉麗妻子。而外婆呢？「縱使相逢應不識，塵滿面，鬢如霜。」她會不會有這樣的疑慮憂傷？

曾有那樣一段歲月，不經意地揮別，便成永遠的分離。父母與子女只有在漫漫長夜裡含淚呼喚；只有憑藉日漸剝蝕的記憶到夢中找尋……那段撼動的、惶恐的歲月，已變成歷史，靜靜陳列在書本上。當它在我唇齒間成誦，在筆下如行雲，偶爾，也會闔上痠澀的眼眶，輕輕嘆息。

如何能讓那段歲月，去了，便不再回來？如何能讓後代子孫讀近代史的時候，不再帶著眼淚，咬斷筆桿？如果能夠，從那些過往中學習一些什麼，比方說

珍惜呵！忍耐呵，不再愚昧。那麼，那段遙遠地，似夢魘般的歲月，便依舊是，
依舊是值得感激的，不是嗎？

月與燈依舊

若使時光倒流，
誰願把熄滅的火，拿給人看？
又有誰肯費心，替別人點燃？
歲月改變的不僅是景物；
也使人情變得莫可奈何！

新年已經過了，廟口的焰火仍夜夜燃放；雜貨站的應節禮品依然佔據人行道。買了雞蛋，突地覺得店門口窒礙難行，各式各樣的燈籠懸掛著，陽光下，像色彩繽紛的門簾。進進出出，都得低頭，正如千百年無人不向歲月屈服。

元宵節匆匆而來，屬於中國人，第一個月圓人圓的日子。

聽父母說，北方人在這一天，也包餃子的。我刻意煮了芝麻湯圓，討個吉利，取其甜甜蜜蜜、圓圓滿滿。

然而，現今的燈籠，規模較小，塑膠製成，內裝小燈泡，手把就是控制開關，欲明欲暗任由人意。我的童年，卻不是這樣的。那時的燈籠由細竹片紮好骨架，再糊上彩色玻璃紙，造型繁複多變化。有十二生肖，兔尾和馬鬣絕不疏忽，柔軟可觸摸。船、車與飛機，窗戶和門的規格都講究。蓮花燈的綠葉與花瓣，配色極鮮豔。玲瓏彎曲，處處遺留工匠的指痕。

現在的孩子，只在電力耗盡時，索討一枚新的電池。幼年的我，卻學會在風中守護一蓬融融火光，努力使它久長。

那時候，對年節的期待，是全心全意的。早纏著大人到店裡選回自己最喜歡的樣式。通常是有許多流蘇，一經風吹，便像要破空而飛的，最能滿足小小的虛榮心。好容易盼到十五，晚飯還沒結束，左鄰右舍的孩子便在巷弄中喊叫起來：「快點啊！走嘍！大家都要走嘍！」聽到自己的小名被呼喚，簡直是熱油煎心。一邊穿襪穿鞋；一邊奔到門口回答；一邊央請父親點燃蠟燭。仰頭看著父親把燭火送進燈籠，光亮流瀉，並交到我的手上，每每忍不住開心的笑出聲來。

眷村外是寥落人家、是菜園，遠一點是稻田，再遠是竹林，孩子眼中的夜的邊緣，則是龐大的山。村邊的道路細細長長，路燈的光線是黃濛濛的。偶爾有散步或騎腳踏車的經過，多半仍顯得冷清。於是，在各家燈籠爭奇鬥豔而不致傷感情的情況下，由較大的男生帶領，沿著小路，出發探險去了。

今年元宵，從自家陽臺上俯看，一群提燈的小孩經過，也在風中瑟縮前行，邊發出令同伴害怕的怪叫聲，擠著、推著、打著、鬧著，慢慢走遠了。有個長辮子女孩的燈熄了，一個男孩熱心的幫她診治。好像若干年前，我的蠟燭燒光了，幾乎要哭起來。探險隊不得不暫停，真可稱得上「怨聲載道」。領頭的男生跑過來，弄清楚情況，遞根蠟燭給我：「裝上就好了。」我說不會裝，說著，淚水真滾下來了。男生把燈籠拿去，兩三下裝好了，又是一團光亮。「好了嘛！」塞進我手裡：「那麼愛哭！水龍頭哇！」大夥兒一陣轟笑，整隊重新前行。

首先在路邊發現檳榔渣的驚叫起來，突然增添些許恐怖氣氛，女生的手緊緊牽在一起，此起彼落的喊怕。

「膽小鬼！妳回家好了！叫什麼叫！」這是對待自家姐妹。「有我在，不用害怕啦！」則是對待鄰家姐妹。

這時離家也有一段距離了，只得走下去。我們的領隊判斷，那群妖魔鬼怪躲在山的方向，而山的輪廓清晰，如蟄伏的巨獸。抬頭挺胸，高歌向前，覺得意氣風發。並不明白，挑戰的對象究竟是神祕廣袤的大自然；或是始終存在意識的不安與恐懼。走過剛犁的田地，嗅著泥土在靜夜中的芬芳，我們在田埂前停住，一大片竹林等在田埂盡頭。林中因風而傳出低沉的呼嘯，並蹣跚地搖擺。歌聲早已停歇，「有蛇啊！」小女生怯怯地。蛇在冬眠啦！男生說。一時拿不定主意，前進或後退。而我可以聽見卜卜的心跳聲，左右腳各朝向不同的方位，只待一聲令下：「現在已經晚了。」男生深思熟慮以後說：「回去好了！」所有的孩子拔足飛奔，也顧不得被吹熄的燭火，直到遠遠望見村中的燈光，才喘息著放慢腳步，嘻嘻笑地形容彼此的張惶。

剛走進村子，惡作劇的男生便追著女生，要焚燒那一盞盞美麗的花燈，女生尖叫，繞著圈子跑。我總跑得很快，巧妙脫身，把自己藏在小巷裡。雖然，花燈總要毀壞了，明年才有新的，但，卻不願逞人快意。我冷靜地扯破玻璃紙，夜風吹滅了燭，才走出來。我的玩伴們圍成一個圈，又叫又笑。著了火的燈籠在風中狂亂的飄舞，把孩子驚奇歡喜的臉龐都照亮了。

那團火球燃燒以後，只剩一堆灰燼，而大人們呼喚兒女的聲音更近了。每當此時，便朦朧地感傷，屬於年節的歡愉，似乎就這樣的結束了。

在這片山水中，度過我的童年，以迄於今。朦朧的感傷愈來愈具體而尖銳。店鋪取代了菜圃；寬廣的公路掩埋了稻田；高聳的大廈吞噬了竹林。那些曾令稚幼心靈存著敬畏的景觀，如今以迥然不同的另一種方式，駭人的成長。以往，回家的道路只有一條，現在，有太多條道路，不小心，反而迷失了。動物園開放以來，遊客如流水，終日不絕，街道顯得擁擠，於是，施工拓寬；於是，車輛改道；於是，我常為尋找慣搭的公車，如墮迷陣。這是我執意偏愛的家鄉，生活二十年的地方，竟在辨認新闢社區與道路的時候，覺得自己初來乍到。

到中部訪友，朋友推開窗，驕傲地讓我看翻滾的稻浪，宣稱是屬於她的一窗風景。黃昏時分，隨友人到屋外，看那棲滿鷺鷥的樹林；土坡上漫步的山羊，短牆圍起的房舍；田埂上追跑而過的小孩……熟悉親切的感覺，令我眼眶濕潤。朋友向來當我是城裡的孩子，她說：「妳看，這就是我們鄉下。」是呀！我點頭。卻差點錯認他鄉是故鄉呢！我仍愛自己的家鄉，縱使繁榮進步完全改變了它的面目。唯一的遺憾只是，昔日的回憶找不著生根的地方。

那麼，就當它是夢吧！很多往事與舊情，找不到人訴說或重溫，便逐漸模糊了。好像許多年前的元宵，因為感冒，不能提燈。微微發熱的我攀在窗上，看著同伴們走出村外，夜中只見一排搖曳的燈光，像一片不真實的剪影。我一定被他們遺忘了，樓下廳中大人們壓低聲量聊天，我覺得孤單。就在這時，已走遠了的隊伍突然停住，走在最前面的舉起火把，朝向我的窗口，劃了幾個圓圈，黑夜裡迸發出一連串的火星。我怔怔地看著，他們繼續上路。一直沒有機會向火把的主人詢問，漸漸地，有更多重要的事需要費心。乃至今日，思想起那月圓的晚上，我也不禁懷疑，它只是一場夢罷了。

雖然都搬了家，昔時提燈的童伴仍住在同一個地區，各自成長；各自面對不同的人生。有的在情感漩渦裡載浮載沉；有的在社會競爭中屢敗屢戰。偶爾在路上，在車上不期而遇，總笑著招呼，大聲的談天氣、談交通、甚至談不斷改變的故鄉，就是不談自己。刻意的客氣與過分的謹慎，把彼此的距離拉得遙不可及。我幾乎要相信，自己始終珍藏的快樂時光，真的就是夢境。否則，若使時光倒流，誰願把熄滅的火，拿給人看？又有誰肯費心，替別人點燃？

歲月改變的不僅是景物；也使人情變得莫可奈何！

而在這個元宵節，獨自站在四樓公寓的陽臺，我發現，仍有不曾改變的，比方天上明月，映照過蒼葱樹林，如今照在整齊的高樓。比方提燈的孩子，不管那燈的質料如何，熒熒一點，就象徵無窮的希望，預兆著一個熙和的春天。

當我
輕快地
奔跑

其實，我的渴望，
只是那樣單純地、輕快地奔跑，
讓每個步子都踩出音階。
然而，在這忙碌紛擾的人世間，
有誰能凝神傾聽生命的律動呢？

漸漸懂得「萬物靜觀皆自得」的道理，年輕浮躁的心，開始妥貼的安放。觀事觀人的同時，竟也能冷靜地看自己。於是，猛然發現，心靈深處的某個角落，仍存著些許赤子的恣情。因為被了解、被縱容，而顯得任性。

比方說，別人走著的時候；我多半是跑著的。

剛開始，奔跑只是為了欠缺安全感。搬到木柵時，四歲的我，穿上圍兜去幼稚園。抬頭挺胸走一段不算遠的路，路旁是稻田、河溝和栽滿青竹的山坡。一邊走著、一邊哼歌，有時候，站在溝旁看母鴨帶著小鴨游水。水上有美人蕉盛放的姿容，過幾天，鮮麗的花朵便會凋萎，靜靜地落進溝中。脫離父母的牽引抱持，獨自去完成上學這樣一件重要的事，只要在過馬路時停一停，左右看一看，便是風和日麗、安全無虞的。所有的一切，好像都太容易了。幼小的我，也因為得意，而膨脹得巨大。

卻在那個下著小雨的早晨，整個世界改變了面貌。

那天，與往常一樣，母親送全副穿戴的女兒上學。走出眷村大門，我還向佇立在村口的母親揮手。但，走了幾十步以後，路旁一條大狗極不友善地釘著我，伸出牠的舌頭，並從喉嚨裡發出惡狠狠的嗚聲。我儘可能離牠遠一點，牠卻已向我跑來，在我來不及呼叫的當兒，牠的利牙咬住我的雨衣。我俯倒在地上，感覺出牠的牙齒隔著塑膠雨鞋，啃在腳踝上。一種被吞噬的恐懼，密不見天的罩下來。直到有人趕開狗，將我抱起來，才絕望的哭泣。我發現自己是那麼渺小，連一隻狗都能把我吃了。母親後來告訴我，看到狗千萬不要跑，免得狗以為見到了壞人。這話我並不十分相信，因為只有我自己知道，那狗攻擊我之前，我並沒有跑。而且，隱約地覺得，若能跑得快一些，就能夠逃開了。

以後，一直就不喜歡狗。

到了幼稚園大班，放學成了極恐怖的事。有個同班的小男生，在回家的路上，拉扯我的辮子，使我猛地後仰，幾乎摔倒。我用力掙開，並且奔跑。男生在後面叫我的名字，無法使我停止。於是，他撿拾沿路的碎石與土塊，不停地向我投擲。紛紛砸在背脊、裙子、雙腿、胳膊和書包上。我沒命地跑著，聽見稻浪在風中作響。衝進村子，小男生才肯罷手，轉回他自己的家。我再度懷疑，老師和父母教我們要「相親相愛」的不是？平白無故，為什麼要打人？偏偏，那位芳鄰從中得到樂趣，他追我跑，成為家常便飯。每一次，當我奔跑的時候，總恨自己不能生出一對翅膀。石子打在身上很疼，卻總不肯落下淚，好像落淚便是輸了。也不肯告訴別人，只覺得總有一天，可以跑得很快，躲過那些。最後，還是父母發現了，大驚失色地去解決。

但，我已經學會遠遠地躲避，那具危險性、攻擊性、不友善的，狗與男生。

童年時的經驗，並沒有使我成為田徑選手。體育課百米測驗，使出全身氣力，也只能達到補考邊緣，有驚無險。唸的專科學校就在住家附近，卻常常跑著進教室。和朋友約了看電影，也常常跑著穿過街道，全是因為磨蹭的習慣改不了。其實也不完全是奔跑，還有期待相聚的喜悅，在細碎的奔跑之間，加上輕微的跳躍。開始蓄髮的十七歲，所有的髮絲在風中飄散開來。有時候，紮起一束馬尾，無意的蹦跳，馬尾就像鐘擺，左右搖晃，一刻不停地計算我的青春。

心情開朗的時候，走著走著，腳步就加快了。鬱悶的時候，深吸一口氣，也希望輕快地奔跑，能轉換一種心情。

那年，籌劃一齣舞臺劇的演出，將近半年的早出晚歸，心力交瘁。無論在任何情況下，都得不動聲色，指揮若定。時常因為過度忙碌或疲勞，只好放棄哭泣。排完戲，總在夜晚十點以後。演員大都離去，而我們必須留下來檢討。焦慮與欠缺成就感，使得每個人愁眉相對。直到佇立在街道上，揮手告別，各自回家的時候，才能稍稍鬆懈。那時，小南門附近充滿夜間部下課的學生，汽機車的馬達聲，以及飛揚的煙塵。天氣將暖而未暖，我們微笑著道再見，並把希望寄託在明天。轉過臉，朝車站的方向走去，時常，不自覺地輕輕奔跑起來。總覺得這樣的躍動，便把所有的不如意都踏得粉碎；覺得自己又回復到童真的無憂了。

過了一年、兩年，或更長久，朋友在信中寫著：「那時候，每次揮手說再見，妳輕巧的一笑，然後，像貓般的跑將起來……那是一段值得回憶的日子。」—

當很多事情和時間都已走過，並且走遠，我小心地閱讀這些字句，唯恐自己有所遺漏。然後，全部的情緒都沉澱，只有感激依依纏繞。在那段紊亂而磨人的日子裡，曾有一雙含笑的眼眸，專注地凝視我隱遁在黑夜中的背影。那時，我的背影大概是光采而美麗的吧？於是，那段日子在塵封以後，又多了個值得記憶的理由。

曾有個西門町的午後，我在熙來攘往的人群中穿梭，奔跑著去趕一輛即將起動的公車。快到車門的時候，腳底一滑，整個人摔倒下來。在車內車外，天橋街道，眾多的目光注視下，我只迅速檢視鞋子是否還在腳下，便下意識地攀上車，似乎為了沒錯過這車，而隱隱喜悅著。直到車子離開市區，周身泛著疼痛，潔白的衣裙污漬破損，才回想起那一跤摔得多重、多尷尬……有一種荒謬的感覺散漫開。這個世上，美好與荒誕的事，原是各佔一半的啊。

穿越人行道，即使綠燈剛亮，也情願快步通行，不願慢慢走。因為我知道，所謂的禍災，都是在不應該發生的時候，突然的發生了。

有個男子，攔住我匆匆忙忙的腳步。牽著我，他說，綠燈不是亮著嗎？現在就該我們走，何必急呢？

每次過馬路，他定要牽著我，緩緩穿越，兩旁是等待而喘息的大小車輛。他是個誠懇的人，守規矩是人生法則。而我應當用什麼樣的方式向他解釋：除了誠懇；了解也是必須。告訴他：除了規矩之外，生活更缺不了感覺。怎麼能夠讓他明白？

規矩，我都知道，卻更依賴感覺。

偶爾，相處一整天，努力地說笑之後，我要求自己回家。對立在夕陽中，看見他的失望、迷惑和不快活。但，我依然堅持。為的只是要在黃昏中跑一跑，用輕快細碎的腳步穿過馬路，然後，緩緩回首，看車陣來往，把道路變成一條流動的河。於是，我獨自站立，並且微笑。

想來，他永遠不會明白了。

其實，我的渴望，只是那樣單純地、輕快地奔跑，讓每個步子都踩出音階。然而，在這忙碌紛擾的人世間，有誰能凝神傾聽生命的律動呢？

終究是要成為奢望的。

有時候，在微苔的階梯上坐許久，只為了看雲看天。有時候，把天橋當成鵲橋，總也走不完，看橋下的車燈，如銀河中流動的星子。生命之中當然不只是匆忙的奔跑。

可是，那真是一種神妙的觸動，必須用全部的心靈去感受——當我輕快地奔跑。

回家

數不清有多少人，為了逃避戰亂，
像候鳥避冬一樣，離鄉背井。
卻因為太多原因，
故鄉只能作為終生的想望，再回不去了。
那麼，誰忍心令一顆想回家的心，停止躍動？

當我幼年時，電視仍是個新鮮詞兒，沒有權利蠻橫地支配人們的生活作息。在眷村裡長大的孩子，最喜歡夏天的夜晚，左右對門的鄰居，全家老少，都坐在門口聊天乘涼。大人們拿著蒲扇，有一下沒一下地趕蚊子。小孩子舔著自家冷凍的紅豆冰，抬頭望著夜裡閃爍的光亮，瞌睡之際，竟分不出是流星？還是螢火蟲？村外是樹，更遠是一片稻田。蛙聲與蟬鳴，是仲夏夜之夢的主旋律。就在那不刻意而和諧的樂曲中，夜，一點一點的深了，更深了。

大人們抱起睡著的孩子進屋，只留下大大小小的板凳。過一會兒，在輕聲互道晚安之中，凳子也收起來了。

小時候，最愛聽故事，聽過的故事大都忘了，卻記得父親說的故事。那遙遠的北方故鄉，總是被飢餓與戰爭反覆煎熬。然而，在艱苦的生活環境中，幼年的父親也可以聽到一些故事，多半是曾祖母說的。說，在許多年以前，發生一次大旱災，河裡、溪裡、井裡的水都汲乾了。百姓幾乎都活不下去，只有坐以待斃。有一天，天空突然裂了一條縫，一條五彩大金龍直墮下來，落在泥塘中。附近居民嚇得紛紛走避，不知將會發生什麼禍事。有膽子較大的悄悄去瞧究竟，只見那龍渾身乾裂腐臭，奄奄一息，猶作死前的掙扎。沒過多久，村裡的人都來了，並且決定要救這界於神與獸之間的奇珍。他們將家裡貯存的最後一點水都取來，澆在困龍身上。村裡所有的水都用盡，天色開始陰沉，雲層加厚，接著，雷聲大作，閃電之中，那龍金碧輝煌的騰起。牠在空中盤旋片刻，像是留戀感謝，然後，飛上雲霄。同時，甘霖普降，解除了旱象……

到了廟裡，看到盤柱的龍，覺得牠特別美，不只是造型特殊，還有與人的那段因緣。喜歡這故事，為的是在那貧窮的時代，人們有這樣溫柔的心腸。那龍可能是因罪受貶吧？不管怎樣，在寬容慈悲中，一切罪愆都能得到救贖。

還有個人參娃娃的故事，長大以後，我轉述給別人聽。說：在偏僻的村莊裡，常有個白胖娃娃跑來與孩子們一起玩，不管天冷天熱，只穿個小肚兜。孩子們回家吃晚飯，胖娃娃就一溜煙不見了。村裡的人覺得懷疑，便偷偷在肚兜上別支針，針上穿著線。等天色漸暗，人們循著線到了荒山，舉著火把合力挖掘，挖呀挖……聽故事的孩子眼睛閃閃發亮：「挖到什麼？」

挖到一個千年人參娃娃。哇！孩子們興奮地笑起來：後來呢？後來呢？

後來，我便哽住，無法繼續。其實，可以編造一個二十五孝的故事，說人參被一個孝子帶回去，燉煮之後，醫治他久病的母親。只是，這也是難，在孩子心中，那只是個娃娃。能動能笑的小玩伴。況且，他只是要回家，誰有權阻止一顆想回家的心？

於是，我不再喜歡這個故事。

唸到國中三年級，學校旁發生了一件慘事：有個高中女生被害於廟前的戲臺下。校園中頓時沸騰起來，取消了女生班的晚間輔導課，偏在那時天黑得早，幾個同學結伴回家，一定要經過那座燃白燭供菊花的戲臺。寒風淒淒中，心情無比沉重。手在夾克口袋裡，緊握一把磨利的削鉛筆刀。懵懂的年少，並不知道自己要做什麼，只提防著那逃逸的劊子手從暗處竄出來。只知道，若有人阻我回家，便要與他拚命！

有一回在電視裡看見一段外國影片，是保護野生動物的實錄。西方某海岸因為污染，使得眾多小海獺患了皮膚病。研究中心的人圍捕這些患病的小動物，悉心地為牠們治療，直至痊癒。尤其感人的是，放海獺回家的儀式由小朋友進行。孩子們在大人的指導下，同時開啟籠門，看著健康活潑的海獺一蹦一跳，歡天喜地的重回大海懷抱。

我被這樣的畫面迷住了。這些孩子不需教誨，從他們誠摯的笑容，便可看出「海闊憑魚躍，天空任鳥飛。」的認知。

我們的孩子看到和聽到的又是什麼？是某地的森林之王被現代武松論斤販賣；溫馴的梅花鹿變成今冬進補的主角；蛇猴大戰成為觀光客獵取的奇景……還

有候鳥，既然不懂得變換飛翔的方向，就讓牠們來得去不得。

中國人不是最講究待客之道的嗎？如今，「賓至如歸」有了新解：鳥兒歸入五臟廟。

再也回不去了，這些過客。

古人因為生存的需要，不得不茹毛飲血。在營養過剩的今天，竟有這麼多巧立名目的饕客，從事著如此野蠻的勾當。

我向來記不熟鳥獸草木之名，卻喜歡仔細端詳鳥如何展翅；怎樣翱翔。覺得感動而快樂！

同時，也不免突發奇想，同樣來自天上，那條龍若墮在今日的淡水河，怕是一番熱鬧景況吧？華西街請來殺蛇師傅，積多年經驗，必然可以卸得乾淨俐落，賣個大好價錢。新聞一炒，弄得國際馳名，可比辦什麼球類運動有效多了！

說起故事，提到從前，總是要說：「那時候生活好苦。」但，那些救助困龍的先民，身著粗布草鞋，營養不足而呈灰暗的面頰，因著此一善行，無比光華美麗。如今，生活是太富足安逸了。那些打扮得光鮮入時，自以為高貴，大嚼鳥屍的人們，面貌卻何等猙獰！

時常，我在思量比較之後，覺得不寒而慄。古早，是怎樣的人心？如今，又是怎樣的人心啊？

中國的近代史，寫滿憂患。繁榮安定的時候少；顛沛流離的時候多。數不清有多少人，為了避戰亂，像候鳥避冬一樣，離鄉背井。卻因為太多原因，故鄉只能作為終生的想望，再回不去了。

那麼，中國人應該最能了解候鳥的心情。

那麼，誰忍心令一顆想回家的心，停止躍動？

候鳥的「候」字，不僅代表時令、節候；還有探望與問候的意思。讓我們背著相機或是望遠鏡，以不驚擾的方式探訪這些翩翩蒞臨的貴客。帶著我們的孩子去認識、去欣賞。使候鳥的經過，成為一個美好的季節。

髮結蝴蝶

聽見剪刀響起來的聲音，驀地感覺心慌。
拿著黑亮柔軟的那截髮辮回家，
清楚地知道，
我的童年，就這樣結束了。
一股難喻的惆悵，
揉在暮色裡，層層加深。

直到現在，年紀漸往三十上數了，看見騎單車、放風箏，或一群追跑而過的孩子，聽見笑聲如風，掠過耳畔。那樣悅耳、熟悉，總令我不禁怦然心動，以為會與童稚的自己相遇。

一旦相遇，我會問紮著麻花辮的小女孩：妳開心嗎？

有時候，是不開心的。當牆外傳來同伴的嬉戲聲，我卻必須端坐，讓母親將兩條毛茸茸的辮子梳得光潔。多麼焦急啊！就像紗門外，撲著翅膀的紫色粉蝶兒。儀容整齊才可以出門，是母親的規矩。因此，我們母女二人，常要花費許多時間，梳理那頭秀髮。打出生起，從未經斧鉞的胎毛，特別細軟柔弱，我無法明白，母親是怎樣仔細避免弄疼她的小女兒，只因頸部僵硬而覺厭煩。也無法了解，在短絀的經濟情況下，母親努力使孩子乾乾淨淨地站在人前為的是教導我們自尊自重。

挨到辮子編好，我跳起身子，推開紗門，直奔出去。有時與蝴蝶翩翩錯身，也不覺得稀奇。

小時候，沒有蝴蝶館、蝴蝶谷一類的名詞。蝴蝶是鄰居，住在我家小庭院；住在路旁的草堆中；住在學校的鞦韆架，特別的季節裡，巴掌大的鳳蝶，色彩炫麗，成雙作對地從窗邊飛過。有時，不經意地飛進教室，孩子們興奮而屏息。在流瀉的陽光、彌漫的花香中，老師打開另一邊窗戶，讓牠們離開。這樣奇妙的「經過」，在孩子瞳中煥發光采。

不上課的時候，看到鳳蝶，定要追跑一場，口裡還嚷嚷著：「梁山伯啊！祝英台！」卻沒想到，奔跑跳躍，飄起的短裙也像彩翼；辮梢的花結正如展翅蝴蝶。

曾迷信一則傳說：把聖誕紅的花瓣夾起來，到了春天，便蛻變為蝶。有好一陣子，課本裡夾滿花瓣，悄悄地看著它的色彩由紅到黑。而我並不貪心，只等待一隻蝴蝶。也沒有完全失望，打開課本，果然見到彩蝶誕生，翩然飛起，儘管那只是一場蝴蝶夢，卻美麗得令人感激。

被蝶蠱惑的日子，出了一次意外。那是在五歲的夏日午後，雨剛停歇，沿著一條髒臭的水溝去幼稚園。水溝約莫一公尺寬，雨後便漲起來，時常飄浮殘餚或家禽家畜的屍體。我每次都保持著適當距離通過，因它令我想到死亡。那天，出神地追著一隻鮮黃色蝴蝶，跑著離溝愈來愈近，愈來愈近，終於，撲通！栽進溝裡！那水溝的深度嚒，恰巧足夠淹死一個五歲小女孩。

泡在冰涼的水中，緊抓著溝邊緣，我放聲喊救命。第一次體會到無助與絕望。

記不得是什麼人把我拉上來的，好像是個年輕男子，他說：「趕快回家去！小妹妹！」我是要回家，卻走不快。雨鞋裡裝滿了水，不僅沉重，還會嘰哩咕嚕響個不停。走著，開始傷心地哭泣，因為發現到方才差點死去。

對水的恐懼，直到今日。只是談起那次浩劫，已轉變了心情。據說，李白捉月下了水，那樣風流倜儻的人物，如此，捕蝶下水，也可視為韻事一樁了。

剛進小學，常和母親鬧：「為什麼要上一年級！我不要！我不要去學校，都沒有點心吃。」最後一句話，雖然說得小聲，不免令做父母的臉上無光。然而，五歲半入小學，眾人都很能體諒我的年幼無知。

只是，有時年幼無知得太過分，我會作出老師沒交代的功課；或者，乾脆把別人的作業簿帶回家，自己的卻不知去向。為了應付我，上課是老師的頭痛時間。我也有頭痛時間，那是在下課以後，頑皮的男生扯住我的辮子當成韁繩，使勁猛拉，令我突然後仰，因拉扯與疼痛而摔倒。其他的女生用板擦擊退男生，扶我起來。每次都以為自己會哭起來，結果總是沒有。強烈的憤怒掩蓋了自憐，我真恨那些壞男生；更恨自己與眾不同的辮子。

這樣的惡作劇，斷續地發生了好幾年，母親不得不在我的髮式上變花樣。紗巾、緞帶和絨線，為我織就公主般的夢境。辮子垂在腰際，羨慕及讚美，使我不再怯弱自卑。

情況終究是要改變的，在一次不經意的巧合下，我甩頭時，髮辮打在一個男生臉上，他驚愕地摀臉喊疼。長久以來的鬱結得到紓解，我的「辮子功」遠近馳名，便開始與男生展開對抗。

數不清有多少次大小衝突，最嚴重的一次，是把石膏粉調在水桶中，白糊糊的一桶，對準某個男生兜頭澆下。男生當場哭起來，我們全都傻了，以為他會像石膏像一樣僵在走廊上。片刻之後，他跳起身子，嚎叫著：「我要告老師！我要告老師！」乒乒乓乓地跑下樓去了。

那段日子真不好過，好似小辮子被人捏在手中，提心吊膽地。我們怎麼也猜不透，受害者到底「告」老師了沒有；不小心眼光相遇，便心虛得厲害，其實，他並不是最壞的男生。因歉疚與愧悔，使我劍拔弩張的心性收斂許多。

而眷村中孩子間的遊戲，讓我更像個女孩。

扮家家酒，撿拾各種葉片花草，洗洗切切，燉煮炒煎，彷彿永遠也不厭煩。那時，十分甘願地守住灶旁的方寸地方，等待小男生背著劍從遠處來，採一把松針當麵線。

結束以後，一同到村外清澈的河溝，捧個小筒，盛裝男生抓到的大肚魚和小蝌蚪。青蛙的成長過程，絕不是在課本上學習的；而是那片廣闊的自然教室。

逐漸地，女孩們不耐守著花花葉葉、鍋碗盤盆。父母為我們買來溜冰鞋，還沒練好呢，接著又是呼拉圈，腰上還掛不住；卻又來了樂樂球、迷你高蹺……就在家門口，父母子女舉家同樂，揚起的笑聲，成為黃昏中溫馨的回憶。

尤其是練腳踏車這件事，最能看出鄰里間情感的深厚。大人們只要看見孩子費力地跨上車，總要幫著推上一程，不管那是誰家的孩子。當其他的孩子都能騎在車上，呼嘯而過，我仍在觀望階段。在人前露出不在意的神情，四下無人之際，不免躍躍欲試。某個下午，鄰居的年輕媽媽，嗓門響亮地，要替我推車。在她的鼓勵下，我騎了一段路，非常穩當，幾乎要歡呼。突然聽見那媽媽鼓掌喝采，在我身後，距離很遠的地方。很遠？我回轉頭，才發現她早鬆了手……就在同時，人仰車翻，前功盡棄。

在愈摔愈勇的苦練下，我終於成為一個優良駕駛人，肇事率一向都是零。女生們都喜歡坐在後座，由我載著，在村子裡兜風，最後，還是出事了！那天，載了個同伴，騎到人煙稀少的村邊，同行還有兩三輛車。到了該轉彎的地方，晃出個小小孩兒，連煞車都來不及，只得強扭龍頭，迎面躲不開的是一大片磚牆。在那千鈞一髮之際，我大聲叫後座跳車，一邊扳住煞車。後座的重量猛地消除，就在嘩然而起的驚叫聲中，車子像箭一樣，加速撞向牆壁。

我趴在地面上，好一會兒都不能思想，只看見許多光點，忙碌地跑來跑去，並紛紛掉落……真是慘痛經驗，既慘且痛。

唯一引以自豪的，是在那「性命攸關」的一瞬間，竟能鎮定地指揮同伴脫險，足見是有些義烈古風的。同時，長大以後，迷糊、懵懂加上轉不過的腦筋，又常懷疑地想起那次撞牆事件，不由自主地。

小學的最後一個暑假，親朋好友都把眼光放在我的身上，不！是放在我的長髮上。國中註冊前，母親耗用更多時間，為我梳理。若干年來，洗髮吹風則是父親的工作，那必須要有耐心。不知道他們是否已覺疲憊，我是早就已經不耐煩了。

剪髮之前，同伴們都預測我將流多少淚，並且說他們同學曾在剪髮時，如何傷心的哭泣。但，這些都影響不了我；我有自己的想法。剪去長髮，對我有個不凡的意義：小女孩長大了！不是值得歡慶的嗎？

坐在美容院，還向一旁看熱鬧的同伴眨眼睛。當所有的頭髮裹在泡沫中，並攏在頭頂上，看著鏡中的自己，突然想起過往的幾個夏日。炎熱的黃昏，沐浴以後，母親將我的髮盤成髻，固定在頂上。露出光潔的額頭，天生成不必妝點的一雙鳳眼，大而明澈。紮不住的絨髮掛垂頸上，武俠片正風行時，鄰居的爺爺奶奶，總說我像那個可以飛起來的俠女。

聽見剪刀響起來的聲音，驀地感覺心慌。剪髮師笑盈盈地把剪下的辮子舉起來給我看，我勉強牽扯嘴角，一點也不開心；倒是腦後輕鬆多了。

拿著黑亮柔軟的那截髮辮回家，清楚地知道，我的童年，就這樣結束了。一股難喻的惆悵，揉在暮色裡，層層加深。

搬離村子好些年了，偶爾經過，才發現昔時覺得無限寬敞的廣場、草地，其實只是那樣狹隘的空間。可是，仍是獨一無二、不可取代的，因它曾容納色彩繽紛的孩提夢想。

有風的季節，便想起緩緩上升的風箏，總像旗子一樣，掛滿在電線上，經風一夜吹襲，紛紛不知去向。童稚的我，甚至癡心地想，風箏也許化為蝴蝶，在黎明時刻，破空而去。

誰知道呢？也許，真的化為蝴蝶。飛在小女孩的髮梢上，成一個美麗的、永恆的結。

唯一的城市

臺北，是我唯一的城市。

無論到何處，去多久，

再度回來，總抑不住喜悅的情緒。

想來，這仍是個可愛的城市，

值得我們投注，不停地編織最瑰麗的夢想。

燠熱的午後，賣冰淇淋的小販，時常騎著腳踏車，緩緩通過村口。ㄅㄚˇ——ㄅㄨ！在沉悶的空氣中爆出驚喜。

一群自午睡中醒來的孩子，從各個不同方位奔來。那小販有著棕色的肌膚，笑咧一張大嘴，頭戴斗笠，頸上搭著斑漬的毛巾。他總是很開心地、高高踩在車上，使勁一蹬，逸出老遠，逗引孩童一路追趕呼叫，像在進行一場遊戲。最後，輪子滑到稻田旁，慢慢停下來。孩子們笑鬧推攘，擠成一堆，在鳳梨或紅豆之中，選擇喜愛的口味。把捏在掌中，汗濕的銅板遞出去，換一杓圓圓的、迅速在陽光下融化的冰淇淋。

當同伴們專注於手中的美食，昔時年幼的我，卻被那片碧綠田地所吸引。順著田埂行走的，是背著書包，放學回家的孩子，在風中吹起一串串色彩晶瑩的肥皂泡。稻田不規律地翻動，如一張舒卷開的氈子，寬廣無際。

那是回憶中不能更動的風景。

許是一種微妙的情結，自從家鄉附近的田地都變為擁擠的建築物以後，便始終在尋覓一片綠禾；在風中深深呼吸，企圖能夠嗅聞新翻泥土的氣息。

剛到外雙溪上課時，車過士林，總可以看見一畝田，方方正正地。隔著稻浪，是一排白牆與紅色的木門，結滿纍纍金穗時，那牆與門竟像浮在田上的，形成一種奇妙的景觀，每每令我欣喜不已。

家住中南部的同學一直不明白，那只不過是畝田罷了！尋常的播種、插秧、耘草及收割，為何會引起我特殊的關切？這當然不止是單純的稚氣。而是自童年起，每一塊田地在我眼前消失，便有一種模糊的心悸，如驚見敗家子的任意揮霍，徒感惆悵，卻又莫可奈何。

因此，學校的長假一旦結束，重回通車的日子，第一件要緊的事，便是看看那片田；看它是否完整的在那裡？它的主人是否像我一樣視若珍寶？不知覺中，七個年頭過去了，那片田終究是我守不住的。先是堆滿瓦礫砂石，把濕泥裡隱藏的生機，全數摧壓殆盡，而後變成一個汽車買賣場；接著，又改建成網球場。起初，我還禁不住在心裡問，網球場的價值高過田地嗎？在這樣的都市，比較需要網球場，還是田地？如今，已不再思索這樣的問題，那塊地或許將變成游泳池、超級市場、快速沖印店，反正不會再有什麼景物是恆常的。對我而言，最重要的是，它永不能恢復最美的原貌了。

近來，走過新公園，仍可見到吹肥皂泡的孩子，他們是否能夠想像，彩色氣泡在廣袤的稻田上飄飛。許多經驗與憧憬，就像那些脆弱而透明的泡泡，在歲月中破碎幻滅，不殘留一絲痕跡。

依然不肯放棄，癡心地尋找，穿梭在大街小巷，盼望著也許能在高聳的鋼筋水泥縫隙裡，找到一方綠禾。

公車行駛在寬闊的馬路上，道旁是整齊光亮的玻璃櫥窗，窗裡和窗外定定相望，食、衣、住、行，都可一目了然。往往誤以為人與人的關係親密了。其實，隔著冷硬的玻璃，人際關係受到更大的考驗。

時常，同車的孩子辨識出他們熟悉的標誌，便忍不住探出車窗，大聲歡呼：「麥當勞！麥當勞叔叔——」童音中的興奮與熱切，已超出我能理解的範圍。直到較熱鬧的地區，都能聽見這樣的呼喊，才逐漸習以為常。有時，不得不將適應環境的能力，當作自我訓練的課題。

臺北街頭的高級冰淇淋店愈來愈多，騎車叫賣的小販則在大都市中隱去蹤跡。偶爾，在窗明几淨的冰淇淋店，年輕的父母親帶著孩子，站立在各種口味的冰淇淋櫃前，叫孩子選擇。孩子走過去、走過來，在十幾種顏色的芳香之中迷惑了。父母親頻頻催促；店員穿著整齊的制服，不斷覆誦產品名稱，用的是受過訓練的笑容和語調。孩子無法抉擇，終於縮起眉眼，我竟然看見一張愁困的小臉！那櫃的所有口味，他可能都吃膩了，因此，再沒有什麼吸引力。各種願望都太容易滿足，便同時失去許多快樂。

我彷彿聽見，像音符一般悅耳的：ㄅㄚˇ——ㄅㄨ！

那賣冰的小販，他們說他是聾子，因而，聽不見我們的呼叫。童稚的我總不相信，他從沒有把我們喜歡的口味弄混；他總是那樣自得其樂。也許，他只是要把我們這些小孩拐出室外，接近綠田與黃土。

事實上，那時候，和小販都像朋友，賣包子饅頭的、烤番薯的、換麥芽糖的、爆米花的，進了村子，一逗留便是大半天，意態安詳閒適，從不見匆忙神色，時間在這裡似乎不具任何意義。

十二年前，由獨門獨院搬到公寓四樓，心中有些不能平衡。所幸，從落地窗可以眺望一片青山；秋天來臨時，蘆草染白的山頭，透著份蕭瑟美感。有霧的早晨，順著小徑緩緩向上走，鞋尖和衣角被霧水濡濕了，漾出青草的芳香。不過兩三年，山上的樹木大量遭到砍伐，據說是要建一批別墅。某個陰霾的日子，商人索性澆油點火，把山燒個乾淨。那真是個野蠻的儀式，火舌紛紛竄升，吞噬所有植物，鳥兒驚嚇地振翅高飛；風中的焚燒發出隆隆聲響，如痛楚的哀嚎。我站在陽臺上，看著心愛的窗景，被人強橫掠奪。

那山很快變得焦黑，空氣中飄浮一股腐臭，宣洩著無言的抗議，在一場夏日豪雨中，山上的泥沙混著洪水，沖刷而下，淹漫了道路，流入人家，氾濫成一次災禍。下班或放學的人，都被漲起的泥漿困住，埋怨此起彼落。埋怨的對象也不盡相同，那山光禿禿、孤零零的站立，絕對的沉默與無辜。

建築商人因為種種原因，沒能讓房子架上山頭。卻因他們的功敗垂成，使山色回復了翠綠青蔥。

清晨又可以聽見鳥語如歌；蒲公英輕巧地飛到窗前；下雨天不再氾濫水災；再度向朋友展示這份難得的自然景味時，商人又指揮著龐大的機器，前來披荊斬棘了。最重要的因素，是動物園搬遷到了本區，憑直覺確是有利可圖；而這一回，我的憤怒也轉化為一種看好戲的冷淡情緒。只有真正居住在此的人才知道，垃圾掩埋場也進入本區，除了因動物園而擁至的人群，還有季節變換時，從遠處飄來的惡臭。儘管主事者也無法保證這種困擾何時可以解決，但，我們仍不失望。居住在這個城市裡，必須培養充分的幽默感。

自從動物園規劃到這裡，便多出許多錯綜複雜的道路，曾經嬉戲的菜圃竹林，彷彿變魔術一樣，瞬間不知去向。一個又一個山坡，陸陸續續剷平了。偶然回到曾經居住的村子，發現正對路口的小坡，如今已成一排店面，開設委託店、美容院和銀行。二十年前，那是我們的伊甸園呀！濃蔭遮天的老榕樹下，貯存了許多孩子的夢想。而現在，成了銀行，貯存著更多實際的希望。只是，我那些夢似乎找不到歸依的地方了。

夢中的田，夢中的山，許久不曾在枕上見到。卻在闔眼時，感受滾滾水流與洶湧車陣。那些單純、寧靜、美好的夢呢？為何不再叩訪？大概也迷路了。

臺北，是我唯一的城市。無論到何處，去多久，再度回來，總抑不住喜悅的情緒。乘坐火車，經過燈火輝煌的中華路，大興土木使得街景斑剝、紊亂而狼狽。但這依然是許多人不二的據點，最懷念的地方。

想來，這仍是個可愛的城市，值得我們投注，不停地編織最瑰麗的夢想。

到底想要什麼樣的婚姻？有段日子憧憬著；
當我埋首在研究資料，昏天暗地，
他能給我沖一杯咖啡；當我為趕稿日夜顛倒，
他把可口的食物捧到床前；
當我驀然驚覺，發現自己對婚姻的投入愈少，
索討愈多時，不禁汗顏。

鴛鴦兩字怎生書

妳能不能替我燒晚飯？

你能不能把經濟交給我掌管？

男人帶著笑；女人也帶著笑，在一個有著玫瑰、燭光、小提琴演奏的高級餐廳，冷靜清醒的談論終身大事。三天後，達成協議，又精密細微的擘畫婚禮與宴客事宜。

初次聽聞這樣的過程，我有著掩抑不住的驚訝，怎麼婚姻最重要的關鍵，只是食譜和薪水袋？

一切都在計畫中逐步進行，他們遵守著彼此的約定，結婚三年，已買了幢房子，並將於中秋節添個寶寶。當年，我亟想知道而未能探問的，是否相愛的問題，已然無關緊要。如果他們可以相敬如賓，風平浪靜的共度三年；就可以廝守三十年，或許，還能培養一點愛意。

對於生活緊張忙碌，情感撲朔迷離的現代人而言，能有這樣的婚姻，已是前世修來的福分。

一個好年輕的男孩，怕還不到二十，談起婚姻這件事，眉眼間的銳氣盡收歛成虔誠：「五十年。」他說：「如果我能愛她五十年；不管任何情況，都能照顧她，五十年，我便娶她。」剎那間，我原以為自己會哈哈大笑，笑他的爛漫天真、不切實際；然而畢竟沒有，有的只是端肅的感動。我努力記住他的面容，尚未褪盡的稚氣，三年之後，我會去尋他，再聽他談婚姻，那時，必定有所不同吧？不過是短短的三年。

許多年輕的孩子，對愛情及婚姻充滿迷惑，坊間於是充斥各類祕笈和參考書：《如何促進兩性關係》、《婚姻指南針》、《九十天成為新娘》、《戀愛寶鑑》、《約會手冊》……幾乎氾濫成災。教導情書如何寫；打電話的聲調；第一次約會的紅綠燈；乃至於接吻的步驟，全是在課堂上學不著，教科書上找不到的。這一切不過表露了男女兩性不懂如何相愛；缺乏相處的能力，如此而已。

當我十八、九歲時，曾經在意自己的容貌，並學習烹飪技巧，以為婚姻是絕對必要的；是一生的皈依。把自己打理得整潔清新，仰望良人，從丈夫的氣息中得著生趣，大概就是以夫為天吧！

甚至羨慕古早的媒妁之言，紅繩繫足，便是一生一世的牽累，大多也負載得無怨無悔。那時，女子自知解人事，便習女紅，勤修飾，心中清楚地知曉，每一次針線的穿梭，都為了琢磨自己成一個賢妻，服侍並成就一個喚作夫君的男人。於是，生命的開始，在洞房花燭夜。早先就聽聞身旁有意無意談論那人的相貌、性情，終於到這一刻，以全部青春和妍麗去等待，那個掀起紅綾的手勢。無一點飛揚，低首斂眉，垂眸看著裙上爭發的鮮豔桃花。桃之夭夭，灼灼其華。之子于歸，宜其室家。一輩子甘於溫婉和悅，也是一種婚姻。

大學畢業再看婚姻，仍是需要的。有個人能夠分擔生活中的喜怒哀樂，共同創造一些奇蹟，倘若能成為一個男人精神上的支柱，以女性特有的敏銳助他突破瓶頸，化險為夷，不也充滿成就感！成為他的妻，成為他的紅粉知己。

患難中建立的情感，大概是比較穩固的，我想。三十年前，我的父親孑然一身，遇見同樣毫無憑藉的母親，他們相戀，結成夫妻。生活最艱難的那段日子，母親在家中擔任育嬰的工作，日日夜夜，被十幾個小小孩纏得緊緊地，時常，夜半被嬰啼驚醒，頭痛欲裂，卻不能休息。父親提早患了五十肩痛，拖著一條半殘的手臂，每天下班後趕到菜市場，再趕進廚房，張羅一家人的吃食。奮起拚命三郎的精神，就這樣熬了將近二十年。生活中遭遇到的事，總見他們喁喁商議，而後，便是一次又一次的雨過天青。時常有人表示，羨慕這一對神仙眷屬；我定要急忙辯稱，他們不過是最尋常的平凡夫妻，曾經還是貧病夫妻呢？

如今，父母親安閒度日，有時候專注地玩蜜月橋牌；有時候爬山散步。春天的早晨，我們一同出門，沿著栽種羊蹄甲的紅磚道向前走，粉紅色蝶狀的花朵在風中展翅，我走著，止步回顧，在這花徑上攜手並肩，從容不迫走過來的，是一對情人；也是夫妻。死生契闊，與子成說；執子之手，與子偕老。白手起家，從無到有，遂成一種割捨不下的婚姻。

當我的學業更上層樓，當我的年歲更長，談起婚姻，語氣中彷彿少了份熱切。抬頭四望，都是單身貴族，都說婚姻有沒有並不要緊；儘管都承認寂寞蝕心。

到底想要什麼樣的婚姻？有段日子憧憬著：當我埋首在研究資料，昏天暗地，他能給我沖一杯咖啡；當我為趕稿日夜顛倒，他把可口的食物捧到床前；當我想去旅遊散心，他能拋下一切陪我遠赴海角天涯；當我在外奔波忙碌，他能在家照顧孩子，陪他們讀書與遊戲；當我驀然驚覺，發現自己對婚姻的投入愈少，索討愈多時，不禁汗顏。如此，根本不配擁有婚姻。

我，和我所知道的貴族們，很多時候，只想保持完整的自我，都自認富有，除了可怕的孤獨，什麼皆不肯放棄。久而久之，不免培養出刺蝟性格，孤獨著感覺寒冷，靠近了又鮮血淋漓。

事到如今，我仍堅持一個夢想：兩個相愛的人結合，纔是婚姻。

我實在無法平心靜氣在會議桌上，討論我的婚姻。仍期盼是在一種暈眩的氣氛下，欣喜地允諾一生。或許那夜月圓得離奇；或許蛙唱失了旋律，無論如何，我是癡迷的。若沒有一些癡迷，怎能共同面對不可測知的風霜雪雨。

但，在婚姻之中，能夠相愛多少年？

很多人在神壇之前許下終身，爾後，在繁瑣乏味的柴米油鹽醬醋茶中，嚮往窗外的風花雪月，不免怨嘆一輩子太過冗長。

假如有一部電影，內容是關於婚姻的。影片剛開始，是年輕夫妻的蜜月期，冬天的深夜妻子忽然在被中咳嗽不止，振動了整張床，丈夫起身，輕悄地沖泡一杯熱牛奶，捧到床前。妻子還未伸手去接，便先嚶嚶哭泣。於是，戲院中的笑聲此起彼落，笑那小婦人的傻氣。影片即將結束，已是五十年後，雖只有兩個小時，太過輕易，但，主角都垂垂老矣。同樣是冬夜，同樣是咳嗽，只是更濁重些。暈黃的燈光亮起來，鏡頭拉得很遠，佝僂的丈夫蹣跚地端著一杯熱牛奶，還冒著騰騰蒸氣。這時，觀看影片的女子，不免同聲一哭，為的是那老婦人的福氣。

宋朝有個新婚婦人，早妝初了，與夫君相偎相依，暫且拋下詩書；拋下女紅，低低地談，輕輕的笑。剛拿起筆，描了花樣，突然停住，微偏頭，佯蹙眉，思索片刻，笑問鴛鴦兩字怎生書？只為嬌態可掬，柔情似水，故而有此一問，可不是真心。

那時可有答案，想來是沒有，否則不知遺落何處。倘若有人撿到，煩請轉交二十世紀末的都會女子。在這愛情與婚姻不斷淪陷破滅的朝代，鴛鴦兩字怎生書？

淡水的聲音

蒼老並不可怕，
因為有情有欲；有悲有喜，
才會不斷改變外在形貌，
萬物與人，皆是如此。
所以，我戀淡水，
在淡水，可以看見時間的流動。

流雲被風支配離合聚散；河川委託水草記取滄桑；火車沿著鐵軌蒐集記憶。

這天，我站在繁華的臺北街頭，等待火車經過平交道。灰藍色的陳舊車身，掛著一片白色牌子：「開往淡水。」

極力地看著火車漸行漸遠，算是告別吧！

已經可以明確地倒數計時，還有多少天，還剩幾個小時，臺北火車站第六月臺，將行駛往淡水的最後列車。

然後，這條鐵軌會被連根拔起，截斷的溫柔夢想，不計其數。

那年春天，堅持要到淡水的香火舖，挑一只小香爐，送給撫琴的朋友。期待地，急切地，在不太熟悉的街道穿梭，視檢每一只香爐上像「朝天吼」似的小獸，一定要選隻器宇軒昂的，作為生日的祝福。

我用一層層報紙包起來，盛載著最珍重的心意，看起來卻像是輕忽的。朋友一層層剝開，驚喜之後，忙著推拒，說不能接受，因為太豐盛的緣故。

我們各持己見，爭執許久，最後，突然興起深沉的沮喪，怎麼人與人之間，最起碼的接受和回報，也變得如此艱難？

於是我非常地疲倦了。

這是送給妳的。於是，我安靜地說：妳若不要，就把它扔了吧！

扔了吧。我說。

從北部到中部，好幾年過去了，我去探訪她幽雅的住所，夜裡，她彈奏〈春江花月夜〉，室內縈繞芳馥的檀香。

擎起那只小香爐，噴煙的地方已被薰上濃厚的油黑，燈光下幽幽發亮，開始有經歷歲月的痕跡了。

凡是被歲月侵蝕的，最能令我動心。蒼老並不可怕，因為有情有欲；有悲有喜，才會不斷改變外在形貌，萬物與人，皆是如此。

所以，我戀淡水，在淡水，可以看見時間的流動。

而在彌漫的青煙中，我陷入欲眠的情緒，循著已然熟悉的路徑回到淡水。

但我沒能找到，那個挑選禮物的、任性、固執的女孩。

不知道在什麼地方，輕易錯過了。

那時候，與你有許多話題，淡水，也是其中之一。

然後，夏天的某個午後，我們在淡水月臺告別。

才剛吃過午飯，天卻整個陰暗下來，雷聲隱隱在天外盤旋，與我們像沒什麼密切關係。

分離，也沒看成慎重的事，甚至，我們一路談笑，像準備結伴快樂的旅遊。

在渡口，被一對情侶攔下來，你幫他們合照。忽然發現，我們從沒有合照。你舉著相機，我們身旁只有幾個捉小蟹的孩子，找不到人幫忙。

到了月臺，我站定，微笑著說：只能送你到這裡。

你彷彿想說什麼，幾經斟酌，而後點頭，也微笑。

你走後，我獨自在月臺上等待。落雨之前，天地異常寂靜，一絲風也沒有，然後，我聽到雨滴鏗然墜入泥土的聲音。那時，你大概正經過紅色的關渡大橋，我喜愛的曲線。

我等著，雨後進站的另一列火車，淡水的風吹進月臺，濕濕鹹鹹，有海洋的氣息。

再去淡水的時候，也會想起音訊杳然的你，臨別微笑之前，想說而沒能說出的話，是什麼？淡水再沒有火車，再找不著答案。

那裡對我而言，總是有些不可解的神祕。

就在火車停駛的前幾天，收到一封未署名、沒有寄信人地址的信，內附兩張淡水最後列車的票，信紙上還抄錄敻虹的〈記得〉：

倘或一無消息

如沉船後靜靜的
海面，其實也是
靜靜的記得

誰呢？我仔細想了想，那人若是「記得」，我便不該忘懷的。然而，寄信人那麼仔細地，不肯留下半點蛛絲馬跡，我好像只能領受，這份溫柔的關切了。

但，我決定不去。我實在不忍。

是的，我不去搭乘那列緩慢的火車，行走細長的鐵軌，不願在汽笛鳴叫聲中落淚。我不要參加那場陽光下的祭典。

成長的日子裡，不時眼睜睜看著一些珍貴的事物被掠奪；而在這次以後，不知道還有什麼可以失去的？

我們的確失去了。

淡水有許多聲音，浪潮的、渡船的、候鳥的；只是，不會再有枕木振動的渾濁；不會有風中鳴笛的清越。

我們宣告失去，和火車有關的，所有聲音。

江南有雨嗎？

江南有雨嗎？什麼味道？
江南的雨，整整一夜。
那夜只有雨聲纏綿，
沒有笙歌，沒有管弦。
只我抱膝獨坐的側影，
成為江南雨夜裡，一扇窗景。

江南有雨嗎？

有一刻，彷彿入睡了，但是並不沉穩，因此，驀然轉醒，便聽見那種細緻溫柔的聲音，緩緩膨脹著，充塞天地間，在這未曾經驗的奇妙旋律中，可以任意飄浮。

起初，平躺著，迷迷糊糊，不太確定，這是北方或南方？這是哪個城市或鄉間？不知身在何處。

而後，我坐起來，望著灑滿水珠的玻璃窗，正瑩瑩閃熠。於是，告訴自己，這是蘇州之夜。

這是蘇州之雨。

當我來到蘇州，已是黃昏。坐在三輪車上，像風一樣在不寬不窄的街道流竄，釋放了所有的感官，去捕捉那些擦身而過的瞬間印象。路旁婦女笑著說著的，是入耳柔的吳儂軟語嗎？車輪滾動的石板地，曾經馬車轔轢嗎？越過小橋，便見一川煙樹，長篙橫陳的木舢泊在岸邊。這是林黛玉的故鄉，她是在這個渡口登舟，往金陵去的？臨行前，怎麼也料不到，等待在前方的，竟是那樣一場燃燒生命的愛怨癡狂。

蘇州多橋；多臨水而居的房舍，一幢幢倒影，清晰地反映在水面上。經過另一道橋，車伕興高采烈吆喝起來：

「看哪！那就是唐伯虎點秋香的小樓！看到沒有？」

傳奇猛地躍現眼前，我順著他指點的方向張望，那排傍水的住家多推開窗，夕陽照射，一片耀眼輝煌。想也是在這樣的天色中，唐伯虎船行水上，仰首便見鑲金的嬌俏秋香，含笑凝睇；宅中稱心美眷，頓時黯然無光，顏色盡失。我瞇起眼，辨認自夕陽方向搖搖而來的舟子，或許是另一篇傳奇的開始。

專注地探出半個身子，車過坑洞，狠狠一顛，差點把我甩到橋下。

「前幾天熱的，四十幾度，熱死好多人。那天在這裡，熱死一個老太婆，我親眼看到。」

不過是一次顛簸，便由那個時代輕易躍進這個時代。車伕在我眼前，騰起身子，費力踩踏，人多的地方，便敲打煞車器示警，周圍騎車或走路的人，肆無忌憚地盯著我們，眼光中看不出友善或不友善。

只是好奇。

坐在無篷無遮的三輪車上，像是展示著的植物或動物，當我被這樣的一種氣氛隔絕，頓時感覺侷促了。

我們在旅館的六樓下榻，房內的空調早卸走了，服務生推開窗，晚霞的色澤已由橙轉紫。

儘管那天蘇州市暫停供水，盥洗大有問題，可是，看著寬敞的玻璃窗；景致一覽無遺，立即升起新的喜悅。

街道上三五成群，老老少少，坐在門口納涼聊天，十分悠閑，直到一對穿著T恤短褲外國情人走過。他們牽著手，背著旅行袋，自由自在地越過街道，吸引住所有目光。即將走開時，他們突然拿出相機，笑咪咪地回轉身，顯然也對中國人發生了興趣。

選中一個小孩，給了他一張紙鈔或是其他類似的東西，小孩坐在竹凳上，供他們拍照。擁上去的孩子更多，伸出去的小手把外國人團團包圍，大人們坐著或站著，只是笑。

外國人也笑著，互相幫助，自人群中抽身而出，孩子仍追隨在後，又跳又笑，推推跑跑地，上橋。

這座橋就在旅館前方，微微拱起，成一個淺淺的弧度；橋上四盞燈在夜色中燃亮；橋下燈光的反影盪漾。

睡前仔細關上了窗，因此，不能確定是何時落雨的。

我坐在寬大的窗臺上，橋背的燈仍亮著，相連的房舍只成一片朦朧輪廓，橋上燈光有幾分淒清落寞的意味，當大地都沉睡，獨醒是一種堅持，可也是一種艱辛。

旅館前栽種幾株高大崢嶸的梧桐，推開窗，可以聽見雨點紛紛滴落葉片，旋又墜地。縱使寬葉奮力捧持，也無法載盛，一葉葉，一聲聲，終究只是交錯。

輕拭被濡濕的短髮，正是三個月前在島上，那個雨夜裡相同的手勢。只是那時春天剛來不久，東區明亮的商店長廊灌滿冷風，我把長髮圈在頸上，仍禁不住微瑟。

那時已安排了這次難卜未來的旅程，所有的親朋好友都在強顏歡笑之中流露憂心忡忡。他們想盡辦法，請我吃喝玩樂；很快地，我便發現自己原來無法無天被寵溺著。

於是，那夜，拖著朋友去看末場電影、吃消夜，坐在百貨公司臺階上，看雨夜霓虹與車燈的繽紛。

商店早已打烊，櫥窗的燈仍亮著，眾生退場後，只遺留木偶的舞臺。沿著敞亮的長廊向前走，任雨絲飄上身，感覺極不真實，像踩在夢的邊緣。

從不曾這樣從容不迫打量櫥窗內蒼白的面孔，逐漸發現他們的表情是如此複雜，愉悅、渴盼、焦灼、冷漠、痛楚……這城市有一部分是清醒的。

站在街口，猶豫著該不該等紅燈，我在傘下，舉起手，撩撥潤潮的瀏海。

坐在蘇州樓上的我，輕輕合上窗。

突然思念起執傘領我過馬路的朋友。若也在這兒，我們必然不只待在窗內；一定忍不住走上橋，也許撐把紙傘，燈下幽幽發光；也許不撐傘。

當我這麼想的時候，並不知道，自己同樣被思念著。

島上沒有一絲風，異常酷熱。朋友在一張薄薄地，幾近透明的雪白紙片上，用黑色簽字筆一行行書寫：

江南有雨嗎
大陸每天有天災報紙電視每天
都在報導還好沒有妳的消息
妳會歸來吧帶著黑黑的皮膚
平安歸來

寫這封信的朋友已準備遠行，無法延宕，終於在我平安歸來之前遠渡重洋。

我們沒來得及互道珍重，因為這一切都不能預知，所以，蘇州有雨的夜晚，我擁有恬靜的心情。

高高的窗臺上，我坐著；信箱裡，朋友的信箋孤獨地躺著：

江南有雨嗎

什麼味道

江南的雨，整整一夜。

那時也沒料到，這綿密柔軟的絲雨，天亮以後，變為傾盆之勢；為了想到杭州去，我們在雨中奔波，求告無門，處處碰壁，幾乎到了山窮水盡的地步。

那夜只有雨聲纏綿，沒有笙歌，沒有管弦。

只我抱膝獨坐的側影，成為江南雨夜裡，一扇窗景。

赴海的約會

海水是一種燦亮透明的藍，
廣闊無邊，與天相連。
究竟是天映亮了海？或是海染藍了天？
此刻，站立在迎風的巖石上，
那個尋不著答案、遺落許久的問題，
翩翩地回來了。

記不得有多久了？自從在電視上看見那片海洋，便開始莫名地牽念。明明知道它不可能消失，卻像一種相思，日復一日，悄悄加深。

總是不能成行，海天縱然不老；我卻會老去，想著便隱隱焦急。

從大陸探親歸來，好些日子，只是吃了睡、睡了吃，鎮日裡蕩蕩悠悠。找個地方把自己藏好，放任思想奔馳，時常陷入一種昏亂的、欲哭無淚的絕望情緒。想到了「心力交瘁」四個字來答覆外界所有關懷的探問；同時，心裡清楚的知道：我已經很老、很老了。

我老得坐在屋頂瓜棚下，看著絲瓜一寸寸長大；夏季不疾不徐地退場。

在電話裡，朋友為我的無精打采而憂心，儘管我一直重複地說「沒事」，到底相交十幾年，她在線的那頭苦苦相逼。我終於哽住，不再言語，片刻之後，清晰地說：

「我想去澎湖。」

「我陪妳去。」朋友說。

就像遲暮之年，想起年少時訂下的約會，驀然脫口而出，完全是潛意識的作用。

在飛機上，看見澎湖海岸線的剎那，隨著乘客們興奮的歎息聲，我的心才妥貼地安排，多好呀！該在的都等在那兒。

降落的時候我知道，一切都不嫌遲。

澎湖島上多是天人菊妝點的草原，草原盡頭便是海。在城市生活久了，看海變成一則奢想的傳奇。有時迢迢地來到沙灘，望著灰濛濛、毫無光澤的海水，著實手足無措。而這裡的海，畢竟是不同的。

海水是一種燦亮透明的藍，廣闊無邊，與天相連。小時候，曾有過稚幼的揣想：究竟是天映亮了海？或是海染藍了天？此刻，站立在迎風的巖石上，那個尋不著答案、遺落許久的問題，翩翩地回來了。

雖然在相片裡見過太多次，可是，跨海大橋出現在眼前，仍免不了心靈的撼動。

車子不疾不緩駛上橋，我想起有個婉約女孩，就是在這兒揮別她愛戀的情人。「他送我到橋頭，我坐在車上，回頭一直看著他，不明白我們之間到底發生了什麼事？於是，我一路掉淚，直到機場。」當她敘述這件事時，我們都還年輕；癡心的以為，曾經海誓山盟的情感，就該是地久天長。

我把車窗搖下，回首看著走過的路，有一絲絲忍不住的黯然。

我們在橋的另一頭停車，領路的朋友帶我們看橋下的漩渦，盤桓著，猛然張口，在風中吞噬。當初建橋，在這種惡劣的環境裡，喪失許多生命，朋友說。

曾經有過淒厲的犧牲；而後有橋上的恣情歡樂。

在這晴朗的午後時光，海天是一色的澄淨，絲毫看不出曾經歷過的傷痛與不幸。若說它悄悄涵納一切，便是最深情的；倘若它根本無動於衷，便是最無情的。

然而，陽光下，面對這種單純的美，如何能夠分辨？

微曦中，被港口軍艦的笛聲喚醒，匆匆戴上草帽，趕到赤崁碼頭，奔赴吉貝島蜿蜒的黃金海岸。

下船後，到海水浴場還有一段距離，我們騎上協力車和腳踏車，沿著岸邊前行。路上有一排電杆，全是黑色木製的，襯著綠草藍天，顯得特別樸素。

你看哪！看哪——

我忙著指來畫去，唯恐同行的朋友遺漏任何一個可以入詩入畫的場景。好像童年時到野外郊遊的亢奮，不能自持。

坐在沙灘太陽傘的一片陰影下，看著被海水盛載的人們，忽起忽落，不論是怎樣的裝束打扮身分年齡，只表現出一種情緒，就是歡樂。

我握起一捧捧澄黃的貝殼沙，把雙腳掩蓋。那些細碎的粉末從掌心流過，有一種粗糙而溫暖的感覺。掩好了腳，我費力地站起身，試著體會一棵樹的心情。但我不能，在那樣的陽光和風勢中，只一會兒便搖搖欲墜；於是，恍然明瞭，何以島上的植物都長成桀驁的姿態。

太陽曬在身上，有些微乾澀疼痛，皮膚很快就改變了顏色。回到住宿的飯店，和朋友對望，看著彼此的狼狽，就像看見自己，真正哭笑不得。

朋友坐在鏡前，唉聲嘆氣地，不知從何下手；只好昧著良心勸慰，告訴她，這樣的膚色，正可以表露另一種美，姑且叫做健康美吧！

這件事其實並不能真正困擾我們，縱然乍見鏡中斑剝容顏，實在驚心而自憐；而下一次，聽見迴盪在陽光下的浪潮，聲聲召喚，還是忍不住要去相親的，我想。

愛情好像也是這樣。朋友說。

是嗎？我說。

想一想，或許是吧！

我醒來的時候，看見朋友充滿興味的臉。

睡得好嗎？她問。

好。我說著，坐起身。

多奇妙呀！她說：妳睡著的時候，竟然微笑著……為什麼？

因為我夢見了澎湖的海，夢見白天經過的那片粉紅色芒草，一大片迷濛的粉紅，在風中搖動。

雖然白天的我早已失去騎車的技能，只能坐在協力車後座，勉強踩一踩踏板；然而夢中的我卻騎著那輛紫色腳踏車，迅捷輕快地穿越粉紅色的草原，芒草柔軟地拂過雪白的裙襬，等待在前方的是明亮柔和的藍天。

於是，我再度微笑，轉向好奇的朋友，輕聲地說：

我只是，做了個好夢。

我愛張曼娟

【詩人／副刊主編】孫梓評

還穿高中制服的年紀，每天搭很長一段公車從黃昏慢慢晃進黑夜，在臺南市區中心處換車。車窗外亮晃晃店招流動著，城的邊隅落車後，穿行各戶人家的晚間新聞與飯菜香，回到賃居房間。房間臨巷，書桌背對街道，天熱時將通往陽臺的門打開，讓風透進來。然而多半時間心思無法聚焦課本：陌生的英文單字、無解的數學題，腦中世界未能飛遠，仍隨身體困在最近距的惑惘之事。我總睜睜注視著檯燈，直到眼睛承受不了，視線轉而巡邏書架：少少幾冊文學書，心神無法安頓的片刻，不曉得第幾次又從架上取下《緣起不滅》，讀一次，再讀一次，情緒裡最敏感的騷聲彷彿有人聽懂了，是一個全然的陌生人哪，卻用她的文字遞來溫暖的擁抱，眼淚，就那樣掉了下來。

那時大家都讀她的書：課堂上與我丟紙條的女孩，文藝營認識的吉他男孩，陪我走路去西港鎮上搭車的學姊，寫信字跡俊逸彷彿書法的遠方友人……冷天夜晚，室友吹乾頭髮，拋下物理課本，埋進被窩裡睡了，我坐在地板戴耳機聽她的廣播節目，暖暖的聲音來自無法想像的彼端，我想，若告訴她心裡最腐朽的事也是無妨的吧？就誠實把祕密一字一字寫下，夾在書裡，始終沒有寄出。

每日茫茫然跟隨眾人上下學，像一滴滴在湖裡恐懼被稀釋的海水，無法預知（或是，早有預感卻拒絕面對？），沒多久，自己就成為升學浪潮下的波臣，留級，轉學，去到一處如今已是荒墟的學校。那百無聊賴的國文老師，面對一班上課時用打火機烤魷魚、打撲克牌、瞌睡，或直接蹺課走人的學生，是否在我蒼白的臉上讀出了什麼？斜陽午後，召我到辦公室，遞來兩冊《今生今世》，要我讀，就那樣中了胡蘭成文字的魅。在易被捏塑的模仿年代，決心把情節都藏妥了，把事情都說曲了，曖昧，流離，不曝露任何核心。那時已搬回家裡住，每天無照駕駛機車往返省道、躲著交通警察的我，又怎會想到，峰迴路轉，竟旁門左道考上大學，且成為她的學生？

溪畔的課堂，還不捨得放棄過去書寫時習得的粗糙技術，第一回作業發還，她在稿紙上寫著：「文字已經夠好了，試著說說故事吧。」她所贈的名言之一，「說一個好聽的故事，便於世人有益。」但是故事，該怎麼說呢？我一心妄想匿藏的，不就是細節的暴露嗎？她耐心建議，「想像你有一個盲人朋友，可以試著向他轉述一部你剛看完的電影嗎？」於是，我在大張空白計算紙上，密密麻麻寫下我能想到的某電影內容。當我嘗試說明角色、形象，以及人物所遭遇的來龍去脈，而又如何不顯瑣碎，囉嗦？才發現這個提議內建太多技巧的練習。於是，第二回作業，我交出第一個短篇〈女館〉。那是一篇疏陋的習作，然而她的回應，是初學者最需要的支持。她是絕不吝於掌聲的。

那幾年，恰也是她書寫的轉向？《我的男人是爬蟲類》、《火宅之貓》兩本迥異的長篇，向過往風格告別。她曾慣愛在古典裡汲取養分，以獨到的散文語言對世界給出溫柔詮解，但生命在轉變，兩度赴港，地球上的移動，使《夏天赤著腳走來》的譬喻系統，更傾向以童話甜美視角注視苦澀現實——這些，都是我不自覺的靈魂食物。我亦將揣在懷裡的片段筆記，暗中發展成第一本長篇《男身》，書信體的想像、援引歌詞做為人物心情背景樂，都襲自《我的男人是爬蟲類》的結構策略。有過那樣的幸福時光：下午茶聽她分享一本詩集；把列印成A4大小的新稿，遞到她的研究室；在夏日素書樓階梯，進行一場小野宴；當她離開臺灣，貼心寄來一封封卡片與信，我則沒忘記追蹤她在雜誌發表的新作，企圖跟上一點點她的裙襬曳過的街角……

記得那一年在紐約，抱著未及完成的《傷心童話》，聽從她對長篇小說臨近結尾的想像，試圖修改；也記得在愛徒樓的地下室，她如何小心叮囑我簽下第一份出版合約，像一個擔憂望著孩子學飛的母親；記得那些我將自己以偏執捆綁的臨山歲月，確實可以將祕密寫在信紙裡寄給她了，卻沒想過，她是否沉默背負著我們無法慰解的愁雲？

後來，我當兵，讀研究所，進入職場，閱讀與書寫成為無法切割的生活必需。屋內成堆四散的書，密密麻麻的鉛字如同寫作者的密咒，等待讀者解碼。各類書充塞知識，歷史，娛樂，囈語，精準的轉述，想像奇觀，痛與甜蜜的幻覺，經驗所縫製的新衣……為我睡前、通勤、空虛、麻木、偽裝忙碌的生活，一次次注射陳舊或美好的汁液。但好難解釋，唯獨她的說話，總像催眠，使我在傾聽瞬間，獲得安慰。或許已經無關乎作品，是她面對世界的價值觀與處事之道？而我，是否曾不自覺，模仿她的說話？不僅僅是書寫時口氣的擬仿，還包括，相信了她說：「散文，不過就是我們欠這世界的一個解釋。」而以類近眼神，凝視那些綻逝在生命中的種種福氣與缺憾？

時間經過，再一次被她的話語治療，是書寫《爺爺泡的茶》和《邊邊》等少年小說的事了。我寫過一些帶有色情描述的故事，也嘗試在創作裡回答自己所體現的困境，但我沒想過，有一天會需要對孩子們說故事，便落入小小的慌張。她有條不紊在既有的材料裡，為我撥霧，指點迷津：人物長出骨肉，情節有了溫度，與其說，我被那些還沒有被自己完成的故事給感動，不如說，我被她口中那些故事的可能給感動。這些平凡又瑣碎的人間關係，令我感到纏縛憂懼的，如何就這樣輕巧地轉了彎，拓出新的可能？我一邊小心翼翼謹記著，一邊想像：別無選擇的書寫，大概也是我們欠這世界（包括自己）的一個解釋吧。

在眼淚再度登場之前，有一瞬，我好像又跌回那個書架前、絕地尋求回聲的高中男生，像無數彼時無法連線上網按讚的同代人，在各自的房間，因為翻讀書頁，在某行句，獲得無可言喻的安慰，忍不住要說：啊，我愛張曼娟。

國家圖書館出版品預行編目資料

緣起不滅【暢銷25萬冊經典紀念版】 / 張曼娟
著.--二版.--臺北市：
皇冠. 2016.04 面；公分（皇冠叢書；第4534種）
(張曼娟作品；01)
ISBN◎978-957-33-3226-8（精裝）
ISBN◎978-957-33-3225-1（平裝）

857.63　　105003951

皇冠叢書第4534種
張曼娟作品01
緣起不滅【暢銷25萬冊經典紀念版】

作　　者—張曼娟
發 行 人—平雲
出版發行—皇冠文化出版有限公司
台北市敦化北路120巷50號
電話◎02-27168888
郵撥帳號◎15261516號
皇冠出版社(香港)有限公司
香港銅鑼灣道180號百樂商業中心
19字樓1903室
電話◎2529-1778　傳真◎2527-0904
總 編 輯—許婷婷
責任主編—許婷婷
美術設計—王瓊瑤
著作完成日期—2016年3月
二版一刷日期—2016年4月
二版五刷日期—2022年4月
法律顧問—王惠光律師

讀者服務傳真專線◎02-27150507
電腦編號◎012101
ISBN◎978-957-33-3225-1
Printed in Taiwan
本書定價◎新台幣300元/港幣100元